KB062401

로크미디어가
유혹하는
재미있는 세상

이것이 삶이다

이것이 법이다 121

2021년 10월 5일 초판 1쇄 인쇄
2021년 10월 8일 초판 1쇄 발행

지은이 자카예프
발행인 김정수 강준규

기획 이기헌 왕소현 박경무 강민구
책임편집 최전경
마케팅지원 배진경 임혜솔 송지유 이영선

발행처 (주)로크미디어
출판등록 2003년 3월 24일
주소 서울시 마포구 성암로 330 DMC첨단산업센터 318호
Tel (02)3273-5135 **편집** 070-7863-8592 **Fax** (02)3273-5134
홈페이지 rokmedia.com **E-mail** rokmedia@empas.com

ⓒ 자카예프, 2015

값 8,000원

ISBN 979-11-354-8924-2 (121권)
ISBN 979-11-255-9575-5 04810 (세트)

이것이 법이다

121

자카예프 장편소설

ROK
MEDIA
로크미디어

CONTENTS

진실을 추적하는 자들

"뭐라고?"

쿄우타 츠토무는 부하인 사노 유지의 말에 귀를 의심했다.

"지금 뭐라고 했나? 나에 대해 알고 있다고?"

"그렇습니다."

"말도 안 돼!"

그의 존재에 대해 아는 사람은 거의 없다.

심지어 일본 내에서도 그의 존재는 극비다.

그는 공식적으로 죽은 사람이고, 국가적으로는 존재하지 않는 조직의 사람이니까.

그에 대해 아는 사람들은 극히 일부일 뿐이다.

그런데 그에 대해 안다는 말에 쿄우타는 심각한 표정이 되었다.

"나라는 존재에 대해 안단 말이지?"

"그렇습니다."

"어떻게…….."

입술을 깨무는 쿄우타 츠토무.

하지만 답은 나와 있었다.

사노 유지의 집과 가족이 드러났고 자신의 존재까지 드러났다.

자신은 심지어 오로지 국가만을 위해, 사망한 것으로 처리하고 가족들과도 연을 끊었는데 말이다.

"내부에 간자가 있는 것이 분명하다."

"네? 하지만 사장님, 그런 정보에 접할 수 있는 이사들은 많지 않을 텐데요?"

기업의 형태를 하고 있기 때문에 주요 인물들은 사장과 이사라는 직함으로 불리고 있었다.

"사노, 자네 이 일을 한 지 오래되었지?"

"그렇습니다."

그는 한국과 중국으로 보내는 스파이의 최종 결정과 훈련을 담당하는 사람이다.

처음에는 실무 요원이었지만 이제는 그쪽 라인을 전부 관리하는 관리직.

"그러면 그런 자들이 한국과 중국에만 있다고 생각하나?"

"아…… 음……."

"그럴 리가 없지."

쿄우타 츠토무는 일어나서 자신의 사무실 안을 빙빙 돌았다.

"일본은 침몰하고 있다. 그건 부정할 수 없는 사실이지."

스파이가 되기 위해서는 충성심도 중요하지만 현실을 보는 눈도 중요하다.

멍청한 국민들처럼 물어뜯을 거 하나 던져 주면 그것만 뜯으며 정신 승리를 할 수는 없다.

"그런 상황이라면 누군가는 배신할 수 있어. 더군다나 대상은 마이스터다. 그 이득이 얼마나 될 것 같나?"

쿄우타 츠토무의 말에 사노 유지는 침을 꿀꺽 삼켰다.

실제로 스파이 조직의 모토 중 하나가 바로 '모든 것을 의심하라'다.

함정에 빠질 수도 있고, 내부에 스파이가 있을 수도 있으니까.

"결과적으로 말하면 현 상황에서 일본이라는 나라에 모든 자들이 충성을 바친다고 할 수는 없겠지."

"헛!"

사노 유지의 눈이 커졌다.

하지만 이내 수긍하고 고개를 끄덕거렸다.

"조국에 충성하지 않는 비국민들은 많으니까요. 특히 정

진실을 추적하는 자들 11

치인들은……."

"그래, 더하지."

사람들은 정치인들이 조국에 충성하기를 원한다.

하지만 조국에 충성하는 사람은 실제로는 정치인이 되기 힘들다.

그들도 이권에 밝아야 돈을 벌고, 돈이 있어야 정치를 할 수 있으니까.

정치가 자본주의화되는 것은 대부분의 국가에서 겪고 있는 심각한 문제다.

"그러면 어떻게 해야 합니까, 사장님?"

"일단 내가 위에 보고하지. 우리가 건드리기에는, 노형진은 너무 거물이야."

쿄우타 츠토무는 그렇게 말하면서 눈을 찡그렸다.

"하지만 이런 경우에는 마지막 선택을 해야겠지."

⚖️

"홍안수와 관련된 자료가 있는 곳은 쿄우타 츠토무가 알고 있을 겁니다."

노형진의 말에 마창식은 진지한 표정으로 물었다.

"하지만 이렇게 건드려 두면 문제가 되지 않을까요?"

"분명 문제가 될 겁니다. 아마도 쿄우타 츠토무는 내부의 스파이를 의심할 테지요."

물론 스파이 같은 건 없다.

모두 사노 유지의 기억에서 읽어 낸 것이다.

"그러면…… 더 위험할 텐데요?"

마창식은 진지하게 걱정스러운 표정이 되었다.

그럴 수밖에 없는 게, 그는 대통령 경호실에서 일하면서 정치의 속성을 알게 되었기 때문이다.

"최악의 경우 암살이 이루어질 겁니다."

"최악이 아니더라도 암살이 준비되고 있을 가능성이 높습니다. 장기적으로 욕먹는 것보다는 차라리 단기적으로 욕먹고 쳐 내는 게 유리하다고 생각할 수도 있지요. 특히 저라면 더더욱 말입니다."

노형진은 세계적으로 활동하면서 적지 않은 적을 만들어 놨다.

물론 여러 가지 이유로 그들이 노형진을 직접 공격하지는 못하는 것이 사실이지만, 진짜 사건이 터졌을 때 뒤집어씌우지 못할 이유도 없다.

"일본 입장에서는 할 말이 많지요. 공식적으로 일본에 초청받아 온 것도 아니고 개인 자격으로 왔으니 현지에서 벌어진 암살에 대해 책임질 것도 없고."

적당히 적을 만들어서 발표하면 그만이다.

실제로 그런 식의 암살은 쉽게 벌어지는 일 중 하나다.

"그래서 제가 그들을 건드리는 겁니다. 확실하게 꼬리를 잡아야 하니까요."

"하지만 시점이 언제인지 알지 못하면……."

"하하하."

노형진은 웃으며 말했다.

"걱정하지 마십시오. 아주 믿을 만한 사람들이 있거든요."

그리고 그 믿을 만한 사람들은 다름 아닌 일본의 경호원이었다.

노형진이 마창식에게 말한 것처럼 초근접 경호는 마창식의 퍼펙트경호가 담당하지만 조금 떨어진 반경은 일본 경호 회사들이 담당하고 있었다.

그리고 노형진은 매일같이 그런 경호 회사의 직원들과 악수를 하면서 친하게 지냈다.

"덕분에 편하게 지내는군요."

"걱정하지 마십시오. 형진 상의 안전은 우리가 책임집니다."

그렇게 말하면서 웃는 남자.

하지만 노형진은 그의 기억에서 다른 생각을 읽을 수 있었다.

'미안하지만 나도 어쩔 수 없다고. 그냥 죽을 수는 없잖아.'

남자의 진심.

노형진은 빙긋 웃었다.

'빙고.'

그들이 분명 자신을 죽이기 위해 손을 쓸 거라는 것쯤은 알고 있었다. 그리고 그걸 피한다고 해결될 게 아니라는 것도 말이다.

'일본쯤 되면 해외 암살 능력이 없을 수가 없지.'

정상적인 국가라면 사실 대부분 있을 수밖에 없다.

러시아의 홍차처럼 말이다.

해외에서의 암살은 대부분 못하는 게 아니라 안 하는 거다. 해 봐야 욕먹고 세계적으로 고립되니까.

'하지만 일본은 현재 극한의 상황에 치달아 있다.'

즉, 최후의 작전으로 암살을 할 수도 있다는 거다.

아마도 홍안수에게 처리하라고 말한 것도 결국은 암살을 생각했을 가능성이 높다.

그러니 홍안수를 탄핵하는 것도 중요하지만 일본이 더 이상 허튼짓을 못 하게 하는 것도 중요하다.

"혹시나 해서 여러분들을 고용했는데 다행히 아무런 일도 없네요, 하하하."

노형진은 그의 손을 잡은 채로 계속 기억을 읽었다.

'사건 시간은 내일 밤. 공식적으로 이상 징후를 만들고 일본 경호 팀은 그쪽으로 몰려간 사이에 암살을 시도한다. 공식적으로는 병사로 위장하고.'

단순히 경호원이고 일본 정부의 작전에 따라 움직이는 정도인지라 대략적인 정보만 나왔지만 그것만으로도 충분했다.

"그러면 잘 부탁드립니다."

노형진은 웃으면서 그 자리를 떠났다.

그리고 숙소로 돌아와서 마창식을 불렀다.

"작전은 내일 밤에 이루어질 겁니다. 아마도 외부에 트러블을 일으켜서 경호 팀의 시선을 돌리고 그사이에 암살을 시도할 것 같습니다. 아마도…… 약물을 이용할 것 같군요."

"약물을요?"

"그렇습니다."

이 호텔은 보안이 잘되어 있다.

즉, 사고로 취급될 가능성이 낮다.

"자살로 위장할 가장 좋은 방법은 추락사인데, 이곳에서는 추락하려면 옥상까지 가야 하지요. 하지만 한국인 경호 팀이 방어하고 있어서 그건 힘들 테니 가장 만만한 것은 결국 심장마비겠죠."

"하지만…… 그건 쉽지 않겠군요."

현재 노형진은 모든 식사를 완전히 랜덤으로 하고 있다.

호텔에서 룸서비스는 절대 시키지 않았다. 그 안에 어떤 독극물이 있을지 알 수 없으니까.

주변의 상가에서 완전히 랜덤으로, 또 대량으로 구매하기 때문에 누가 뭘 먹는지는 정확히 특정할 수가 없다.

"결국 주사가 가장 적당하겠지요."

"주사라고 하면……."

"발가락 사이 아니면 두피겠지요. 아니면 목 안쪽이나."

외부에서 주사하면 흔적이 남는다.

하지만 두피의 경우는 모공이 크기 때문에 흔적을 찾는 게 쉽지 않다.

그리고 입 안쪽은 대부분의 조사에서 검사 대상이 아니다.

"심장마비를 일으키는 방법은 여러 가지가 있으니까요."

심장마비를 일으키는 약물은 넘치고 넘친다.

그리고 일본에서 노형진이 사망하면 부검은 일본인 의사가 하게 된다.

"그 사이에 흔적도 없이 사라지게 되겠지요."

약 중에는 자연 분해되는 것도 있는데 그런 건 이틀이나 사흘 정도만 시간을 끌면 흔적도 없이 사라진다. 그리고 일본에서 부검한다고 시간 끄는 건 어려운 일이 아니다.

"내부에 누군가 있기는 한 모양이군요."

마창식은 진지한 표정으로 고민하다가 질문을 던졌다.

"그러면 어떻게 하시겠습니까?"

"어떻게라니요?"

"대피를 하시겠습니까, 아니면 역습을 하시겠습니까?"

"당연히 후자 아닙니까? 전자를 선택할 거였다면 이렇게 위험한 행동을 하지는 않았겠지요."

노형진은 빙긋 웃었다.

"역시 그렇군요. 하지만 상당히 위험할 겁니다."

"여러분들이 목숨 걸고 저를 지키는데 저라고 느긋하게 있을 수 없지요. 어차피 한 번은 겪어야 하는 일이니까요."

노형진의 말에 마창식은 무거운 눈빛으로 고개를 끄덕였다.

"알겠습니다. 그러면 그렇게 알고 준비하지요. 어떻게 할까요?"

"일단 그들이 올 수 있게 환영 파티를 준비하도록 하지요."

⚖

"조센징은 물러가라!"

"조센징은 한국으로 물러가라!"

갑자기 호텔로 몰려든 극우 세력.

그 세력으로 인해 모두의 시선이 그쪽으로 쏠렸다.

경찰이 출동하고, 호텔의 보안 팀은 그쪽으로 몰려갔으며, 심지어 일본 경호원들 역시 그쪽으로 몰려갔다.

"일본을 말아먹는 조센징 노형진은 한국으로 꺼져라!"

가열하게 시위하는 사람들을 보면서 노형진은 피식 웃었다.

"뭐, 예상 행동반경 내군요."

아무리 그래도 호텔에 테러를 할 수는 없다.

도를 넘는 공격이면 호텔에 피해가 발생하고, 최악의 경우 노형진이 대피할 수도 있다.

"하지만 저런 거면 애매하기는 하죠."

갑작스럽게 일어난 노형진에 대한 시위.

경호 팀이 달라붙는 건 정상적인 과정이기는 하지만 그렇다고 노형진이 대피할 수준의 위협은 아니었다.

시위는 시위일 뿐이고 안으로 들어오지는 않으니까.

"일단 각 방에 대한 보안은 확인했습니다."

이 호텔은 보안이 잘되는 곳이다.

그 말은 어설프게 보안장치를 피해 다닐 수 없다는 거다.

"투숙객들에 대한 정보는 확인할 수 없지만 아마도 범인은 투숙객으로 들어와 있을 가능성이 높습니다."

이 층에 있는 방의 수는 총 여덟 개다. 스위트룸이니 많지는 않다.

"스위트룸에 투숙하는 사람에 대한 정보를 우리가 달라고 한다 해서 주지는 않을 테고요."

사건 이후에는 그냥 혐의 없음으로 끝내면 되니까.

"하지만 그래도 이해가 안 가는 게 있습니다. 스위트룸이 스위트룸인 이유가 있는데 말이지요."

사람들은 스위트룸이라고 하면 연인들을 위한 최고급 객실을 의미해서 'Sweet'라고들 많이 생각한다.

실제로 많은 호텔에서 그렇게 운영하기도 하고.

하지만 스위트룸의 스펠링은 Suite room.

즉, 방을 여러 개 연결한 룸을 뜻한다.

그래서 최소한 자는 방과 거실이 따로 있어야 스위트룸으로 인정된다.

"당연히 우리가 있을 거라 생각해야 정상인데요?"

당연히 노형진은 스위트룸이다.

그것도 방이 네 개다.

침실이 두 개, 사무실이 한 개 그리고 응접실이 한 개다.

그리고 이런 스위트룸에서는 기본적으로 경호원이 다른 방에서 숙식을 한다.

"그 부분이 이상하기는 하더군요."

아무리 비정상적인 상황이라고 할지라도 경호원 최소 한 명은 옆에 있어야 한다.

노형진 같은 경우는 두 명 이상의 경호원이 붙어 있어야 하고.

"배신자가 있는 건 아닌지."

문득 드는 생각에 얼굴이 어두워지는 마창식. 하지만 노형진은 고개를 흔들었다.

"그렇지는 않을 겁니다. 여기서 배신한다고 해도 한국에 돌아가서 문제가 될 수밖에 없으니까요."

배신하면 마창식이 그를 그냥 둘 리도 없고, 거기에는 대 룡이나 새론 같은 강한 힘을 가진 곳이 넘쳐 난다.

"일본으로 망명할 게 아니라면 배신의 의미가 없지요."

"하지만 무슨 수로 경호원을 떨궈 낼지 모르겠습니다. 아무리 큰 소란이 난다고 해도 저희가 다른 곳으로 갈 리가 없는데요."

그 말을 듣던 노형진은 문득 어떤 생각이 들었다.

고개를 들어 바라본, 그의 눈에 들어오는 천장.

"흠……."

"왜 그러십니까?"

"여기는 중앙 환기식이지요?"

"맞습니다. 중앙 환기식입니다. 창문을 열 수 있는 구조가 아니다 보니…… 아!"

중앙 환기식이라는 것은 외부의 공기를 환기구를 통해 강제로 밀어 넣는 방식이다.

그렇다면 다른 걸 환기구로 넣는다면?

'가령 수면 가스 같은 것도 가능하겠지.'

그러면 아마도 대부분은 힘없이 쓰러질 것이다.

'물론 다른 방이 연결되어 있기는 하겠지만.'

어차피 다른 방에 있는 놈들은 일본의 요원일 것이다.

이런 최고급의 VIP 스위트룸은 쉽게 나가지 않는다.

하룻밤 자는 데 들어가는 돈만 무려 1,200만 원.

그러니 일반인이 있을 가능성은 낮다.

'다른 사람이 온다고 해도 적당한 핑계를 대면서 거절하면 그만이고.'

노형진은 천장에 난 환기구를 보며 빙긋 웃었다.

"혹시 방독면을 구할 수 있을까요?"

"조용……."

　　시위대가 여전히 버티고 있어 일본인 경호 팀이 모두 밖으로 나가 있는 어느 시각.

　　복도는 텅 비어 있었다.

　　"CCTV는?"

　　"교체 완료되었습니다. 이제 두 시간 동안 아무런 움직임도 없는 영상이 계속 송출될 겁니다."

　　"좋아. 들어가자."

　　부하의 말에 암살자는 조용히 움직였다.

　　그들은 하나같이 방독면을 쓰고 있었고 그들을 막는 사람은 없었다.

　　그들의 대장은 품에서 작은 카드 키를 꺼내 문에 댔다.

　　그러자 철컥하고 열리는 문.

　　그 문을 살살 밀어서 연 요원은 몸을 낮추고 오른쪽으로 향했다.

　　그러더니 다시 현관 쪽으로 몸을 들이밀었다.

　　"잠들어 있습니다. 가스가 제대로 작동한 것 같습니다."

　　"그렇겠지. 처리하도록 하지. 둘은 여기에 남아서 혹시 모를 상황에 대비하도록."

　　"하이!"

암살자는 천천히 노형진이 있는 방 안으로 들어갔다.

커다란 방의 침대에 노형진이 누워서 잠들어 있는 것이 보였다.

그걸 확인한 남자는 품에서 작은 주사기를 꺼낸 다음 누워 있는 노형진에게 다가가 그의 머리에 쿡 찔러 넣었다.

"자신의 멍청함을 후회해라."

이제 잠시 후면 노형진은 심장 발작으로 갑작스러운 사망에…….

"서프라이즈~!"

그 순간 침실에 있던 벽장의 문이 갑자기 벌컥 열리더니 방독면을 쓴 사람들이 뛰어나왔다.

"뭐야!"

"속았다!"

그들은 다급하게 품 안에서 권총을 꺼내서 저항하려고 했지만 이미 준비하고 있던 사람들이 더 빨랐다.

빠지지지직.

"끄르르르륵!"

눈을 뒤집으며 쓰러지는 요원들.

벽장에 있던 사람들이 이미 스턴 건으로 무장하고 있다가 나오자마자 방아쇠를 당긴 것이다.

"탈출해! 함정이다!"

대장으로 보이는 자는 다행히 그걸 맞지 않았지만 이내 사방에서 쏟아져 나온 사람들에게 포위당했다.

"네놈들은 누구냐!"

분명 이곳에는 경호원 둘과 노형진만 있어야 한다.

다른 사람이 있다는 이야기는 전혀 듣지 못했다.

"CIA 요원입니다. 내가 몰래 데리고 오느라고 얼마나 고생했는데요."

천천히 벽장 안에서 나오는 노형진.

그는 피식 웃으면서 요원들을 바라보았다.

"일본이 과거에 비해 작전 능력이 떨어졌다더니, 이 정도 속임수도 못 알아보다니."

노형진은 침대에 누워 있는 자가 덮고 있는 이불을 확 젖혔다.

일본에서 흔하게 볼 수 있는 리얼 돌이 있었다.

"아니, 과학기술의 승리라고 해야 하나요? 그만큼 인간과 비슷해서 몰랐다는 거니까."

"큭."

"일본 정부에서는 내 목을 따 오라고 한 모양인데……."

"아니다! 난 모른다!"

"어, 상관없어."

노형진은 씩 웃으며 말했다.

스파이계의 철칙. 그건 존재를 인정하지 않는 것이다.

설사 그럼으로써 자신의 목숨을 빼앗긴다 할지라도.

"하지만 말이지."

노형진은 손을 들어서 천장을 가리켰다.

그리고 남자의 시선이 그곳으로 향한 순간, 남자는 그대로 얼어붙었다.

"인터넷에는 생중계라는 게 있거든."

노형진은 히죽 웃었다.

애초에 이곳에 카메라를 달아 둔 것은 노형진의 생각이었다.

"과연 너를 아는 사람이 있을지 어디 두고 보자고, 후후……."

⚖️

"아, 형진 상이고 나발이고, 각오하고 시작한 거 아니었나요?"

인터넷에 그들의 사진을 게시한 노형진은 그들의 정체를 알려 주는 사람에게 현상금 2억을 준다고 발표했다.

그리고 그들이 아무리 노력해도 그 모든 사람들을 모른 척 할 수는 없었다.

사람을 죽이려고 한 것이 생중계되었고, 그 결과 그에 대한 제보는 무섭게 들어오고 있었다.

부모는 이미 경찰서로 찾아와 도게자를 하면서 사과했지만, 일본 정부는 그들의 존재를 공식적으로 인정하지 않았다.

"하지만 그걸 인정하고 안 하고의 문제는 전혀 상관없거든."

노형진을 암살하려고 했고 그게 인터넷에 나갔다.

CIA는 그들을 잡아갔고, 일본 정부에서는 그들의 신병을 돌려 달라고 요구하고 있지만 CIA는 절대 그럴 생각이 없었다.

일단 당장은 말이다.

그리고 CIA가 그들을 족치는 동안 노형진은 다른 곳을 족치고 있었다.

"제발…… 제발 부탁드립니다. 저희가 잘못했습니다."

노형진의 앞에 엎드려서 벌벌 떨고 있는 남자.

그는 일본의 대표적인 호텔 체인인 도쿄테리의 회장 마쓰다 가토였다.

"각오하고 하신 거 맞잖아요?"

그가 노형진에게 벌벌 떠는 이유는 가스를 뿌리는 게 그들의 도움이 없으면 불가능한 일이었기 때문이다.

즉, 도쿄테리에서 암살에 협조했다는 뜻이다.

실제로 보안 구역에서 가스통이 발견되기도 했다.

"오해요? 제가 죽고 난 다음에도 오해라고 하실 겁니까?"

노형진은 싱글거리면서 웃고 있었다.

"그러니까…….."

"이미 증거는 다 확보했는데요?"

CIA는 작전과 동시에 카메라실을 확보했고, 그곳에서 암살자들이 들어오는 장면과 모든 만남의 장면을 확보할 수 있었다.

"아아아……."

마쓰다 가토는 죽을 것 같은 기분이었다.

그럴 수밖에 없는 게, 자신의 호텔에서 암살 작전이 시행되었다. 문제는 그 과정에서 호텔의 도움이 절대적이었다는 거다.

"세상이 과연 사람을 죽여 대는 호텔을 그냥 둘까요?"

마쓰다 가토의 호텔인 도쿄테리는 전국에 스물다섯 개 지점을 두고 있는 대형 호텔 체인이다.

한국으로 치면 신라나 조선호텔 같은 곳이다.

당연히 전 세계의 주요 내빈이 숙식을 해결하는 곳이기도 하다.

"정확하게는, 해결했다는 과거형이겠지요."

주요 내빈들은 CIA로부터 무슨 말을 들었는지 바로 번개같이 빠져나갔고, 몇몇은 다급하게 자국으로 돌아가기까지 했다.

그나마 남은 것은 일반 손님이지만, 노형진의 말마따나 사람을 죽이는 데 도움을 준 호텔에 숙박하고 싶어 하는 사람은 없다.

"제발…… 제발 부탁드립니다."

입도 안 여는 스파이?

물론 상관없다. 노형진은 이미 그의 기억을 읽었기 때문이다.

하지만 그래도 확실하게 하기 위해 노형진은 마쓰다 가토를 쥐고 흔들고 있는 것이다.

"간단하게 말하지요. 누가 시켰습니까? 인정하면 제가 호텔 이름까지는 공개하지 않겠습니다."

그냥 자는데 암살자들이 들어온 것인가, 아니면 호텔 측에서 도움을 준 것인가의 차이는 어마어마하다.

전자라면 호텔의 보안이 떨어진다는 평가 정도로 끝날 일이지만, 후자라면 위험성 때문에라도 더 이상 누구도 오지 않을 테니 도쿄테리는 파산을 면치 못하게 될 것이다.

"그건……."

마쓰다 가토는 말하지 않고 입을 다물었다.

그러나 의미가 없는 짓이다. 노형진은 이미 기억을 읽어 내고 있었으니까.

"제가 모를 것 같습니까, 가토 상?"

"아닙니다, 아닙니다."

"아니긴 뭐가 아닙니까. 쿄우타 츠토무가 시켰겠지요."

노형진의 말에 마쓰다 가토의 눈빛이 심하게 떨렸다.

"설마 제가 모르고 여기에 온 것 같습니까?"

"……."

"물론 여기서 당신은 아무런 말도 하지 않겠지요. 하지만 전 이미 쿄우타 츠토무의 얼굴과 이름 그리고 집도 알고 있습니다. 그러면 과연 일본에서는 어떻게 할까요?"

"허어어억!"

마쓰다 가토는 숨이 넘어갈 것 같았다.

그들에게는 공개를 면하는 조건으로 마쓰다 가토가 배신한 것으로 보일 것이다.

"그러고 보니 얼마 전에 사노 유지라는 분이 실종되셨더군요, 아실는지 모르지만."

"……."

"유언장을 써 두시기를 바랍니다, 가토 상. 아마…… 오래는 못 사실 테니까. 가족들이 죽기라도 하면 이 호텔은 누가 받나요?"

'날 보고 어쩌란 말이야!'

마쓰다 가토는 속으로 절규했다.

노형진을 여기서 이대로 내보내자니 자신의 호텔은 다 망한다.

암살도 할 수 있는데 다른 것인들 못 하겠는가?

성관계 장면을 찍어서 협박한다거나 할 수도 있다는 걸 의미하고, 당연히 그런 곳에 숙박하러 오는 손님은 없다.

'그렇다고 내가 여기서 사실을 말하면…….'

자신은 죽는다.

어느 쪽이든 자신의 죽음을 피할 방법은 없다.

필사적으로 머리를 굴리던 마쓰다 가토는 결국 절실한 목소리로 말했다.

"제…… 제발…… 제발 살려 주십시오. 원하시는 건 뭐든 들어드리겠습니다."

"그래요?"

노형진은 잠깐 고민하다가 미소를 지었다.

"그러면 쿄우타 츠토무와 잠깐 만남을 주선해 주시지요."

"아…… 그게……."

"거절하면 뭐, 어느 쪽이든 오래는 못 사실 텐데요?"

노형진이든 쿄우타 쪽이든 말이다.

⚖

"으음……."

쿄우타 츠토무는 노형진을 만나고는 신음 소리를 냈다.

부하들이 잡혀간 것도 심각한 문제인데 결국 자신에게까지 선이 닿아 버렸다.

"그래서 원하는 게 뭔가?"

그나마 다행인 것은 부하들의 신분이 아직 드러나지 않았다는 거다.

일본 요원으로 의심받는 것과 일본 요원으로 확정되는 것은 전혀 다른 문제이니까.

"홍안수와 관련된 증거."

노형진은 차분하게 말했다.

"그런 건 없네."

"홍안수가 일본의 스파이인 것은 이미 알고 있습니다. 모른 척한다고 과연 해결될까요?"

노형진은 차갑게 말했다.

물론 쿄우타 츠토무 입장에서는 그걸 인정할 수가 없다.

그들이 투입한 자들 중에서 가장 성공한 것이 바로 홍안수다. 다른 자라면 모를까, 대통령의 자리까지 올라간 홍안수를 포기할 바보는 없다.

"미안하네만 자네가 잘못 알고 있네. 그는 우리와는 아무런 관련이 없어."

"뻔한 거짓말 하지 마시죠. 당신도 찾아낸 우리입니다. 모를 것 같습니까?"

쿄우타 츠토무는 곤란한 상황이었다.

다른 사람도 아닌 노형진을 건드린 상황에서 그가 할 수 있는 일은 별로 없었다.

'멍청하게 거기서 걸리다니.'

암살 작전이 설마 실패할 줄은 몰랐고, 그 때문에 미처 어찌해 볼 틈도 없이 잡혀갔다.

경찰에게 잡혀갔다면 어떻게 해서든 무마할 수 있었을 텐데, 하필이면 CIA에 잡혀가는 바람에 자신들이 할 수 있는 일이 없었다.

"없는 걸 줄 수는 없네."

"쿄우타 츠토무 씨를 비롯한 실행 팀이 어떻게 되더라도요?"

"내가 뭘 말인가?"

"당신의 존재를 드러내는 게 뭘 의미하는지 모르는 바는 아니실 텐데요?"

쿄우타 츠토무는 혀를 끌끌 찼다.

"난 그저 소일거리 하는 노인일 뿐일세. 한국의 대통령인 홍안수와는 아무런 관련이 없어."

"하지만 호텔 사장은 당신을 범인으로 지목하던데요?"

"허허, 자네가 먼저 만나게 해 달라고 한 것 아닌가? 호텔 사장과 평소 알고 지냈을 뿐일세."

노형진은 고개를 끄덕거렸다.

"진짜로 홍안수에 대해 아는 게 없습니까?"

"내가 일국의 대통령을 알면 여기서 이렇게 연금이나 받으면서 소일거리를 하겠나? 한국으로 가서 나 좀 먹여 살려 달라고 하겠지, 허허허."

사람 좋은 미소로 웃는 그를 보면서 노형진은 피식 웃었다.

애초에 그가 홍안수를 절대 포기하지 못할 거라는 것쯤은 알고 있었다.

"그러면 뭐, 알겠습니다."

노형진은 더 이상 길게 이야기하지 않았다.

"가시면 됩니다."

"가면 된다고?"

"그렇습니다."

쿄우타 츠토무는 의심이 들었다.

여기서 자신을 더 몰아붙여서 뭐라도 알아내려고 해야 하는 게 정상이기 때문이다.

'어째서?'

그런데 노형진은 전혀 강압적이지 않았다.

'멍청한 건가, 아니면 뭘 모르는 건가?'

그는 일본의 비밀 정보 집단의 수장이다.

그런 그를 위협하면 뭐든 알아낼 수 있을지도 모른다.

그런데 가라니?

"왜 안 나가십니까? 뭐, 마음이 바뀌신 겁니까?"

"바뀔 게 뭐가 있나? 아는 게 없는데."

"그러시겠지요."

'말해 줄 리가 없지.'

노형진은 그를 보면서 시큰둥하게 말했다.

그는 국가를 위해 가족도 버린 독한 남자다. 그런 그가 홍안수의 정보를 넘길 리가 없다.

'뭐, 그렇다고 해서 내가 해결 못하는 건 아니지.'

노형진이 노린 건 그가 진실을 말하는 게 아니라 여기까지 오게 하는 것이었다.

"결과적으로 제 입장에서는 호텔 측에서 거짓말을 한 셈이니……."

노형진은 어깨를 으쓱했다.

"사실을 공표하는 수밖에요."

쿄우타 츠토무는 살짝 눈을 찡그렸다.

도쿄테리는 많은 정치자금을 정치인들에게 주는 곳이다. 그런 곳이 암살과 관련해서 소문나면 망하는 건 순간이다.

'정치인들이 좀 싫어하겠군.'

하지만 어쩌겠는가? 그들은 할 수 있는 게 없다.

홍안수는 일개 사업체보다 훨씬 중요하다.

"알겠네. 그럼 이만 나가 보도록 하지."

쿄우타 츠토무는 모른 척하면서 바깥으로 나갔다.

닫힌 문을 바라보며 노형진은 그가 만지작거리던 커피 잔을 들었다.

"애초에 말해 줄 거라고는 기대도 하지 않았단 말이지."

쿄우타 츠토무는 냉전 시대부터 첩보계에서 활동하던 남자다.

더군다나 여기에 온 걸 누구나 다 안다.

납치해서 고문한다고 해서 입을 열 만한 인간도 아니고, 납치하면 도리어 이쪽이 역습당한다.

"편하게 가자고, 편하게."

보통은 시스템을 만들고 그걸로 재판을 해야 해서 가능하면 사이코메트리를 쓰지 않지만, 이번 사건은 나중에 재판할 것도 아닌 만큼 능력을 써도 무방하다.

"인간이 아무리 잘 훈련받았다고 해도 머릿속에 기억이 떠오르는 것까지 막지는 못하지."

머릿속에 떠오르는 것과 그걸 입 밖으로 소리 내어 말하는 건 전혀 다르다.

아무리 독하게 훈련을 받는다고 해도 머릿속에 있는 걸 말하지 않는 훈련일 뿐, 아예 떠올리지 못하게 하는 건 불가능하다.

"어디 보자."

노형진이 쿄우타 츠토무를 노린 이유는 간단하다.

그가 일본의 음지의 정보 부서를 관리하는 인간이기 때문이다.

그리고 일본을 위해 홍안수를 통제해야 한다.

그러나 홍안수는 이기적인 남자다.

증거가 없다는 걸 알면 일본의 말을 들을 리가 없다.

당연히 그가 일본의 스파이라는 걸 증명할 증거가 있을 수밖에 없다.

"빙고."

그리고 노형진은 그 커피 잔에서 증거를 읽어 낼 수 있었다.

훈련 장면을 찍은 영상에서부터 각서까지, 그 모든 것이 비밀스러운 장소에 감춰져 있었다.

"잘도 감춰 놨네."

쿄우타 츠토무가 자신도 모르게 생각한 것이 커피 잔에 남아 있었고, 그 장소를 알아내는 것은 그다지 어려운 일이 아니었다.

"좋아. 이제 어디에 있는지는 알았고."

노형진은 씩 웃었다.

"남은 건 꺼내는 일인데."

그리고 곧 노형진은 그 기억에서 새로운 정보를 알아냈다.

"생각보다 일이 쉽게 풀리겠는데? 후후후."

그 자료가 있는 곳은 쉽게 접근할 수 있는 곳이 아니었다.

그런 기밀 자료를 민간인이 쉽게 접근할 수 있는 곳에 둘리가 없다.

"여기라고요?"

"그렇습니다."

"여기는 못 들어갑니다."

마창식은 질린 표정으로 노형진을 바라보았다.

그럴 수밖에 없는 게, 그 건물이라는 게 일본산조은행이었기 때문이다.

그것도 본점.

"감춰진 지하 7층에 있는 비밀 창고니까, 뭐 일반인이 접근하는 건 불가능하지요."

공식적으로 산조은행 본점은 지하 6층까지 있으며 운영은 지하 5층까지만 한다.

지하 6층은 초대형 금고이고 그 안에 금이나 기타 중요 자산을 보관한다.

당연히 땅을 파서 접근할 수도 없는 구조다.

"그런데 감춰진 지하 7층이 있으리라고 누가 상상이나 하겠습니까?"

당연히 엘리베이터에 표시도 되어 있지 않고, 보안실에서 특수 조작을 해야 지하 7층에 들어갈 수 있다.

그리고 경비실에서 근무하는 자들은 모두 일본의 비밀 요원들이다.

"계단도 없고요."

거기에 들어가서 도둑질하는 건 기본적으로 불가능하다.

"그러면 어쩌실 생각입니까? 그 안에서 필요한 걸 가지고 나올 방법이 없는데요."

홍안수와 관련된 자료가 얼마나 많은지 모르지만 그걸 가지고 나오지 못하면 홍안수를 공격하지 못한다.

"그리고 등 뒤에서 따라다니는 저 인간들이 문제인데요."

쿄우타 츠토무는 당연히 노형진에게 사람을 붙였다.

그러니 그곳을 터는 것은 불가능하다.

"아, 걱정 마세요. 터는 건 제가 하지 않을 겁니다."

"네? 그러면 저 안에 들어갈 만한 사람이 있단 말입니까?"

"있습니다."

노형진은 자신 있게 말했다.

"하지만 어지간한 보안 등급으로는 접근도 못 할 텐데요."

"그러니까 어지간한 접근이 가능한 사람을 찾아가면 됩니다, 후후후."

사카모토 겐지는 자신을 찾아온 노형진을 보고 기겁했다.

그는 일본의 정보 조직의 요원 중 한 명이다. 그리고 미래가 암울한 사람 중 한 명이다.

물론 나이나 능력으로 봐서는 미래가 밝아야 정상이겠지만, 반대로 너무나 뛰어난 능력 때문에 정치적 견제를 받고 있는 사람이었다.

일본은 부하가 상사보다 뛰어난 것을 인정 못 하는 나라이다 보니 심하게 견제를 받고 있었는데, 현재는 자리를 지키기는커녕 목숨도 간당간당하다고 느껴지는 상황이었다.

그런 상황에 노형진이 찾아왔으니 사카모토 겐지의 입장에서는 심장이 내려앉을 수밖에 없었다.

물론 노형진은 느긋했다.

"저는 잘 모릅니다."

"아, 그래요?"

노형진은 피식 웃었다.

"계속 그렇게 모르는 척하세요, 가족들과 함께 청소되고 싶으시면."

"뭐라고요?"

"마창식 씨?"

노형진은 당황한 사카모토를 보며 마창식을 불렀다.

그러자 뒤에 서 있던 마창식이 미소를 지으면서 가방 하나를 꺼냈다.

그리고 그 안에 있는 걸 사카모토 겐지의 눈앞에 우르르 부었다.

"이건 신문지 아닙니까?"

"네. 오는 길에 은행에서 돈을 좀 찾았거든요."

"뭐요?"

"은행에서 돈을 찾아서 빼돌리고, 대신 신문을 잔뜩 넣어 왔지요."

그렇게 말하는 노형진의 입가에는 잔인한 미소가 떠올라 있었다.

"전에 한번 써먹어 봤는데 생각보다 더 잘 먹히더군요."

사카모토 겐지는 흠칫했다.

"당신이 누군지 알고 당신이 어떤 상황인지도 압니다. 당신이 우리가 간 후에 어떤 상황이 될지도."

"뭘 안다는 겁니까?"

"숙청당하는 건 당연한 거 아닙니까?"

"……."

"인간 세상이란 그런 거죠."

조국에 대한 충성심? 뭐, 중요하기는 하다.

하지만 그 안에 자신의 이득이 들어가면 어떻게 될까?

세상에 완벽하게 자신을 버리고 오로지 조국에 대한 충성심만으로 일하는 사람이 있을까?

'그럴 리가 있나.'

심지어 가족까지 버린 쿄우타 츠토무조차도 마음속에 승진하고자 하는 강한 열망을 품고 있었다.

말로는 국가를 위해 가족을 버린 거지만 진실은 자신의 권력을 위해 가족을 버린 거다.

'그리고 쿄우타에게 있어서 사카모토 겐지는 숙청 대상이지.'

노형진이 읽은 다른 기억. 그건 그가 가장 의심하는 존재에 대한 기억이었다.

'쿄우타 츠토무는 내부에 스파이가 있다고 생각하고 있으니까.'

당연히 가장 그걸 알려 줄 만한 사람을 추적했다.

쿄우타 츠토무의 존재 자체를 아는 사람들 중에 충성심이 낮으며 변절할 가능성이 가장 높은 사람.

'모든 스파이들은 매년 심리검사를 하지.'

그리고 그 결과를 분석해서 위험한 사람을 분류해 낸다.

'그리고 사카모토 겐지는 최고 위험 등급으로 분류가 된

사람이지.'

가장 높은 직급이며 최고 보안 등급을 가지고 있지만 그 때문에 일본의 진실에 대해 누구보다 잘 알고, 그래서 심각한 회의감을 느끼고 있다.

그리고 국가보다는 가족이 더 우선인 타입으로 분류되며, 이는 배신의 위험이 가장 높다는 걸 의미한다.

'하지만 내 입장에서는 날 도와줄 수 있는 가능성이 가장 높은 사람이라는 거지.'

노형진은 싱글거리면서 웃었다.

"쿄우타 츠토무는 아마 저와 접선한 걸 가지고 당신을 숙청하려고 하겠지요. 운이 좋으면 해직이겠지만……."

살짝 웃는 노형진.

그 미소에 사카모토 겐지는 부르르 떨었다.

"그럴 가능성이 높지는 않다는 거 아시죠?"

영화에서 많이 나오는 '너는 너무나 많은 걸 알고 있어.'라는 말은 스파이 업계에서는 거의 정설로 통한다.

그나마 멀쩡하게 정년퇴직을 했다면 모를까, 위험 분자로 분류되어서 해직당하면 나중에 배신할 가능성이 더더욱 높아지기 때문이다.

더군다나 사카모토 겐지는 쿄우타 츠토무의 자리를 노리고 빠르게 성장하는 사람이기도 했다.

"아마 날 만난 걸 가지고 꼬투리를 잡을 테고, 그러면 상황이 참 재미있어질 것 같지 않아요?"

노형진은 싱글거리면서 웃었다.

"……뭔가 잘못 아신 것 같은데요."

"뭐, 제가 잘못 알았어도 상관없습니다. 제가 죽는 건 아니니까요."

노형진은 손해 볼 게 없다.

"더군다나 가족분들은 외국으로 도주하셨던데?"

"공부하러 간 것뿐입니다."

"'이 시기'에 말입니까?"

"……."

누가 봐도 그의 가족은 방사능을 피해서 해외로 도주한 상황이다. 그리고 그게 그가 위험 분자로 분류된 가장 큰 이유였다.

'웃긴 일이지.'

가족을 지키는 것은 아버지들에게는 당연히 가장 중요한 일이다.

그런데 진실을 알고 가족을 지키려고 했다는 이유로 그는 최하급 취급을 받으면서 숙청 대상이 된 것이다.

"뭐, 원치 않으시면 배신하지 않으셔도 됩니다. 그렇게 그냥 곱게 죽어 주시겠다면 저는 다른 사람을 찾으면 되니까요."

노형진은 아주 대놓고 노골적으로 말했다.

자신이 찾아온 이상 사카모토 겐지는 끝이다.

쿄우타 츠토무가 절대 그냥 두지 않을 것이다.

"당신……."

"물론 먼저 선빵 친다고 하면 당신은 살 수도 있겠지요."

"뭐라고요?"

"조만간 제 암살 시도 사건이 뉴스에 나갈 겁니다. 누군가는 책임을 져야 하지요."

사카모토 겐지는 살짝 눈을 찡그렸다.

그건 사실이다.

그렇잖아도 그 문제로 시끄럽다. 당장 일본 측 요원들을 잡아간 CIA에서 그들을 돌려보내지 않고 있기 때문이다.

"그 누군가가 책임을 지게 되면, 그의 라인에 대해서도 대대적인 숙청이 있어야겠지요? 그 상황에서 만일 홍안수가 일본의 스파이이고 쿄우타 츠토무가 그를 키웠다는 게 들통나면 어떻게 될까요?"

"……!"

아무리 쿄우타가 힘이 있고 권력이 있어도 버틸 수는 없다.

일본은 모른 척하고 싶어 하겠지만 암살 시도뿐 아니라 스파이를 일국의 대통령 자리에까지 잠입시킨 건 심각한 문제다.

"지금 쿄우타 라인이 아닌 사람들 중에서 최고 계급은 당신 아닌가요?"

사카모토 겐지가 의심받는 가장 큰 이유가 바로 그것이다.

그는 쿄우타 츠토무 라인이 아니다.

일본은 상급자에게 절대 충성하는 것이 예의라고 배운다. 더군다나 스파이 조직은 절대 충성이 가장 중요한 핵심 사항 중 하나다.

"아마 내부의 대부분이 쿄우타 라인일 텐데."

일이 터지고 나면 일본 정부는 내부 정리를 하지 않을 수가 없다.

일단 한국의 말은 무시한다고 해도, 미국의 말을 무시할 수는 없으니까.

미국 입장에서 한국과 일본은 중요한 동맹이고, 그들의 동맹은 대중국 견제 라인에서 핵심적인 부분이다.

"하지만 일국의 대통령을 스파이로 보냈다면 그건 전쟁도 불사할 만한 일이지요."

일본과 한국이 전쟁 모드로 들어가면 미국은 곤란하기 그지없다.

한국과 일본이 전쟁하면 한국은 미사일로 일본 전역을 폭격할 게 뻔하다.

그에 반해 일본은 사거리가 되는 미사일이 없으니 결국 해군을 동원해서 한국을 봉쇄하는 전략을 쓸 것이다.

그런데 여기서 미국이 일본 편을 들어 주면 한국은 중국이나 러시아에 붙게 된다.

일본의 해상봉쇄를 뚫어야 하니 결국 위쪽으로 올라갈 수밖에 없는 거다.

반대로 한국 편을 들어 주면 동맹인 일본이 처맞는 상황에서 배신하는 꼴이 된다.

그렇다고 중립을 지키자니, 중국과 러시아가 싸우기 시작한 한국과 일본을 그냥 구경만 할 리가 없다.

온갖 감언이설로 꼬드겨서 한쪽을 편들려고 할 테고, 한국도 일본도 상호방위조약이 맺어져 있으니 그게 깨지면 양쪽 다 군비 확장을 시작할 게 뻔하다.

"재수 없으면 3차대전으로 번질 수도 있겠지요."

그런 상황인 만큼 일본은 사건을 수습하려고 할 텐데, 그 방법은 쿄우타 츠토무를 비롯한 관련자들과 그 책임 라인의 숙청뿐이다.

"스파이 라인은 낙하산이 불가능하지요."

전문성이 필요한 부분이라서 어쩔 수 없이 내부 승진이 이뤄져야 한다.

그런데 여기서 쿄우타 츠토무를 숙청한다고 해도 그 라인을 승진시킨다면 눈 가리고 아웅 하는 거고, 그런 짓에 속아 넘어가 줄 만큼 한국이 만만한 나라는 아니다.

"죽든가, 아니면 선빵을 치시든가."

노형진은 웃으며 말했다.

이미 사카모토 겐지를 찾아옴으로써 쿄우타 츠토무에게 그를 쳐 낼 핑계를 줬다.

"당신…… 좋은 꼴 못 볼 텐데요?"

사카모토 겐지가 이용당한다고 하지만 노형진과 친하게 지낼 생각은 없다.

그의 입장에서는 어찌 되었건 적이다.

"뭐, 지금 좋은 꼴 볼 걸 기대할 수 있겠습니까? 이미 일본에서 나 죽이겠다고 덤빈 판인데."

전혀 무서울 게 없는 노형진은 피식 웃었다.

"만일 여기서 제가 그냥 나가면 일본도 좋은 꼴은 못 볼 겁니다. 제가 가진 돈이 얼마나 된다고 생각하십니까?"

"……."

단순히 투자자를 넘어서 미국의 의료계를 쥐고 흔드는 노형진이다.

"제가 아는 로비스트의 10%만 움직여도 일본 경제가 완전 붕괴되는 데 1년이 안 걸릴 겁니다. 내기할까요?"

"……."

농담이 아니다. 실제로 일본은 붕괴 직전이다.

그걸 알기에 그가 가족들을 대피시킨 것이다.

"친하게 지낼 생각은 없습니다. 다만 '죽든가, 죽이든가'라는 거죠."

"하지만……."

사카모토 겐지의 얼굴에 걱정의 빛이 어렸다. 그런 기회를 가지는 게 쉽지 않기 때문이다.

그러나 그조차도 예상하고 있었던 노형진에게는 문제 될

것이 없었다.

"걱정하지 마세요. 기회는 제가 만들어 드릴 테니까."

얼마 후 전 세계가 난리가 났다.

일본의 대표적인 고급 호텔인 도쿄테리가 암살 작전과 관련해서 협조했다고 미국의 모 일간지가 발표한 것이다.

일본의 대표적인 호텔 체인이었던 도쿄테리의 주가는 무섭게 추락하기 시작했다.

그 암살 대상이 다름 아닌 노형진이었고, 분노한 마이스터에서 도쿄테리에 대한 전쟁을 선포했기 때문이다.

일본의 언론에서는 입을 꾸욱 다물고 있었지만 그런다고 해서 소문이 퍼지는 걸 막을 수는 없었다.

물론 노형진은 거기서 끝낼 사람이 아니었다.

"우리 아버지라고요?"

"그렇습니다."

노형진이 찾아간 사람은 쿄우타 츠토무의 아들들이었다.

아버지가 죽으면 고생하는 사람은 가족이다.

그리고 공식적으로 쿄우타 츠토무는 공무원도 아니다.

이게 무슨 소리냐면, 연금이나 국가 지원을 받지 못한다는 걸 의미한다.

'엄청 허름하네.'

아버지는 국가에서 중요한 핵심 인물이다.

그런데 그 두 아들은 어머니와 함께 고작 10평짜리 작은 집에서 살고 있었다.

'진실을 알게 되면 배신당했다는 것에 대해 분노하는 법이지.'

노형진은 그걸 알기에 그 가족을 찾아간 것이다.

"그는 자신의 성공을 위해 당신들을 버렸습니다. 그리고 제 암살을 시도했지요."

너무 충격을 받아서 말도 못 하는 두 아들.

"하지만 아버지는 교통사고로 죽었다고……."

"그렇게 처리된 거죠. 차량 화재로 인해 시신도 거의 안 남았다면서요?"

"그건…… 그런데……."

"그러면 그게 다른 누군가인지 알 수도 없지요."

아무런 말을 못 하고 부들부들 떠는 두 사람.

"1억 엔 드리겠습니다."

노형진은 주저하지 않았다. 길게 끌 생각도 없었다.

"쿄우타 츠토무에 대한 언론 플레이를 해 주시면 됩니다. 그리고 유전자 검사를 통한 친자 확인 요구를 해 주시면 됩니다."

"친자 확인요?"

"그렇습니다."

만일 친자가 맞는다면 그는 죽은 것으로 처리된 일본의 스파이가 맞게 된다.

일본 정부 입장에서는 아주 곤란한 처지가 되는 것이다.

"거절하신다면 저는 그냥 가면 됩니다만, 아마 어머님의 수술비를 구하는 건 힘들 겁니다."

"큭."

그들의 어머니는 암으로 입원해 있는 상황이었다.

가난한 집안 사정 때문에 두 아들은 결혼도 못 하고 오로지 어머니의 병수발에만 매달리고 있는 상황.

그나마도 병원비가 없어서 제대로 치료조차 받지 못하고 있었다.

"당신들을 버린 아버지 때문에 어머니까지 잃어버리고 싶으신가요?"

대부분의 경우 아버지가 죽으면 어머니는 자식을 키우기 위해 모든 걸 희생해야 한다.

더군다나 쿄우타 츠토무의 경우는 교통사고이기는 하지만 가해자가 없었기 때문에 보상도 받지 못해, 그들의 어머니는 온갖 고생을 하면서 두 사람을 키웠다.

"크윽."

당연히 이런 경우 생기는 것은 아버지에 대한 그리움이 아니라 분노다.

'애국 같은 소리 하고 자빠졌네.'

더군다나 그들이 소송한다고 해서 일본 정부가 망하는 것도 아니다.

물론 입장은 매우 곤란해지겠지만 말이다.

"성공하면 추가로 1억 엔을 드리고 한국으로 망명시켜 드리지요. 그리고 한국에서 최고의 병원에서 어머님의 항암 치료를 진행시켜 드리겠습니다."

그러면 총 2억 엔, 한국 돈으로 20억이다. 거기에다 어머니의 치료까지.

"가, 가능합니까……?"

"가능합니다. 불가능하다면 여기에 오지도 않았겠지요."

"하지만 그 새끼는 죽었다고 하고 숨어 있다고 하지 않았습니까?"

"맞습니다. 하지만 어디에 있는지는 알고 있지요."

그는 도망가지 못한다.

이미 사진과 모든 걸 확보했고 그가 있던 안가까지 모두 확인한 상황이다.

"그러니 걱정하지 마시고 진행하면 됩니다."

"동생과 잠깐 이야기 좀 하겠습니다."

"기꺼이요."

노형진은 자신 있게 그곳에서 나왔다.

그는 안다, 그들은 결국 노형진을 선택할 거라는 걸.

그래야 자신들이 살 수 있으니 말이다.

나중에 쿄우타 츠토무에게 요구해 봐야 진실을 알려 줄 리가 없다.

"기자회견 준비를 해 주세요."

노형진은 집 바깥으로 나와서 마창식에게 말했다.

사건이 사건인 만큼 아마 외신에서 어마어마하게 몰려올 것이다.

"그런데 이런다고 기회가 생길까요?"

"생깁니다. 걱정하지 마세요."

노형진은 자신 있게 말했다.

⚖

"젠장! 이 녀석이 진짜!"

쿄우타 츠토무는 머리가 지끈거렸다.

설마 가족에게까지 찾아갈 줄은 몰랐다.

자신의 신분이 드러나게 하고 자신의 조직원을 CIA에 넘기더니 이제는 자신의 가족까지 찾아가서 유전자 검사를 요구하게 했다.

"지금이라도 도망갈까요?"

"도망? 지금 그게 가능하다고 생각하나?"

노형진은 약삭빨랐다.

기자회견을 하면서 쿄우타 츠토무가 숨어 있던 안가를 바로 공개해 버렸고, 그 바람에 그곳으로 기자들이 몰려들었다.

물론 안가인 만큼 비밀 통로가 있다.

문제는 그곳에 있던 쿄우타 츠토무를 몰래 미리 찍어 둔 것이다.

즉, 여기서 도망가면 자기가 일본 스파이들의 거두가 맞으며 자기 자식과 아내까지 버린 파렴치한이라는 걸 증명하는 셈이 된다.

일반적인 주택이라면 비밀 통로 따위는 없을 테니까.

"그렇다고 계속 이렇게 숨어만 있을 수는 없지 않습니까?"

일본 언론에서는 입을 다물고 있지만 외신 기자들은 입구에 죽치고 앉아 있었다.

"일단 정부에 말해서 공식적으로 난 죽은 사람으로 몰아붙여야지."

쿄우타 츠토무는 진지하게 말했다.

"공식적으로는 내가 죽었고, 난 그저 닮은 사람인 것으로 해야겠어."

그리고 개인 정보라서 자신을 드러낼 수는 없다고 몰아가야 한다고 쿄우타는 생각했다.

"하지만 그런다고 노형진 그놈이 포기할까요?"

"시간이 지나면 잊히겠지. 그놈은 지금 자신이 원하는 걸 못 구하니까 나한테 보복하는 거야."

설마 관련 자료가 어디에 있는지 알 거라고는 생각도 못 했던 그다.

그런 만큼 일련의 이 일이 자신에게 하는 개인적 복수라고 쿄우타 츠토무는 생각하고 있었다.

"사카모토 겐지는 어떻게 할까요?"

"그게 중요해? 그놈이 뭘 어떻게 할 수 있는 상황도 아니잖아?"

노형진이 사카모토 겐지를 찾아간 후에 그는 긴급 보고를 했다.

노형진이 자신에게 홍안수의 자료에 대한 정보를 요구했다면서, 그 대가로 3천만 엔을 제시했다고 말이다.

"하여간 머리가 좋은 놈이야."

사카모토 겐지는 모른다고 하는 대신에 가짜 위치를 알려 줬고, 실제로 요 근래 그곳을 감시하는 수상한 시선들이 늘어났다는 보고가 들어왔다.

"겐지를 날려 버리는 건 나중으로 미뤄야겠어. 중요한 건 지금 이 상황을 어떻게 넘어가느냐니까."

만일 여기서 유전자 검사를 하게 되면 자신은 **빼도 박도** 못한다.

"하지만 이 상황에서는 피할 방법이 없습니다."

이미 자신이 있는 곳이 드러난 상황이다.

그런 상황에서 피할 방법은 별로 없다.

"두 사람 다 죽여."

"네?"

"죽이라고."

"하지만 쿄우타 님!"

"내 목숨은 이미 나라를 위해 바쳤다. 이미 그 둘은 내 자식이 아니야."

단호한 쿄우타의 말에 부하들은 감격한 표정이 되어서 그를 물끄러미 바라보았다.

물론 쿄우타 츠토무의 생각은 좀 달랐다.

'망할 새끼들.'

그의 입장에서는, 그들은 진짜로 죽은 것이다.

다만 나라를 위해서가 아니라 자신을 위해 말이다.

'어차피 그놈들만 죽으면 사건은 정리된다.'

그는 그렇게 생각하고 있었다.

하지만 그는 몰랐다. 진짜 함정이 어디인지 말이다.

⚖️

사카모토 겐지는 조용히 지하실에서 나오고 있었다.

"잠시 확인하겠습니다."

"그러지."

그가 나오자 다가오는 요원들.

그들은 몸 이곳저곳을 살피며 혹시나 빼돌린 게 없는지 확인했다.

1급 기밀들이 숨겨진 공간. 그곳에 들어가는 것은 어려운 일은 아니었다.

그의 신분이 있으니까.

하지만 나올 때는 무조건 검사를 받아야 한다.

심지어 엑스레이를 찍어서 삼킨 것이 있는지까지 확인한다.

'제발, 제발…….'

그는 자신의 구두를 들고 이리저리 살피는 직원을 보고 침을 꿀꺽 삼켰다.

무슨 소리를 들었는지 직원은 평소보다 훨씬 꼼꼼하게 살피고 있었다.

그렇게 무려 30분 가까이 온몸을 다 뒤지고 나서야 맡겨놨던 물건들을 돌려받을 수 있었다.

"수고하셨습니다."

"음, 보안에 신경 쓰게. 쿄우타 상이 요즘 상황이 안 좋은 거 알지? 혹시나 배신자가 지금 이 상황을 노릴 수도 있네."

사카모토 겐지의 말에 직원들은 고개를 끄덕거렸다.

"알겠습니다."

"그러면 나중에 보도록 하지."

그는 천천히 지하실에서 올라왔다.

그리고 1층에서 자신의 차를 타고 천천히 빠져나왔다.

그러면서도 그는 절대 뒤를 돌아보지 않았다.

　이미 자신에게 사람이 붙어 있다는 것쯤은 알고 있었다.

　"망할 놈의 쿄우타."

　자신이 불리해지는 것을 안 쿄우타는 사카모토 겐지가 치고 나오는 걸 두려워해서 철저하게 감시하고 있었다.

　여차하면 자신을 죽이려 들 수도 있다.

　"흥. 하지만 이번에는 절대 못 빠져나간다."

　그는 그렇게 중얼거리면서 차를 주차장에 세우고 집으로 들어갔다.

　이미 자신의 집 또한 감시하고 있다는 것은 알고 있었다.

　그러나 상관없다. 모든 설계는 이미 끝났으니까.

　그렇게 사카모토 겐지가 집으로 들어간 후, 누군가 그의 차량으로 조용히 접근했다.

　정확하게는 그의 차 옆에 주차되어 있는 차량으로 가서 그걸 몰고 자연스럽게 주차장을 빠져나왔다.

　누가 봐도 이상할 게 하나도 없는 장면이었다.

　하지만 진실은 좀 달랐다.

　"여기 있습니다."

　마창식은 노형진에게 아주 작은 마이크로 메모리 카드를 건넸다.

　평소에는 잘 쓰지 않는 물건이지만 그래도 마이크로 메모리 카드의 용량은 충분하다.

"정말 걸리지 않을 줄은 몰랐네요."

"보통 사람들은 뻔한 곳만 찾거든요, 후후후."

안으로 들어가서 옮겨 오는 것은 충분히 가능한 일이다.

외부와 인터넷 연결이 안 되어 있기 때문에 내부에 들어가서 빼내야 하기는 하지만, 요즘 마이크로 메모리 카드 정도면 충분히 그걸 담아 올 수 있다.

그걸 이용해서 빼낸 자료는 그가 입고 간 양복의 브랜드 태그 뒤에 붙이도록 했다.

보통은 주머니만 뒤질 뿐 브랜드 태그는 생각하지 않는다.

하지만 브랜드 태그라면 그 안에 마이크로 메모리를 충분히 감출 수 있다.

거기에다 엑스레이는 양복 상의를 벗고 찍으니 걸리지도 않는다.

컴퓨터와 연결하는 보조 케이스는 작기 때문에 그걸 아주 잘게 부수어서 숨기는 데 전혀 문제가 없고 말이다.

그렇게 가지고 나온 물건을 사람끼리 만나서 넘기는 멍청한 짓을 하지는 않았다.

자연스럽게 운전석의 문을 여는 바깥 손잡이 안쪽에 붙였고, 그걸 마창식이 옆에 주차된 차를 끌고 오는 척하면서 사각지대에서 뜯어서 가지고 나왔다.

"뭐, 나중에는 알게 될지도 모르지만."

상관은 없다. 이미 관련된 자료는 모두 넘어왔다.

남은 것은 이제 정리하는 것뿐이었다.

⚖

　–하나, 우리는 대일본국의 신민으로서 국가와 천황에게 충성을
바친다.
　–하나, 우리는 일본을 위해 신명을 바쳐서 충성을 다한다.

동영상을 보면서 송정한은 머리를 부여잡았다.
"진짜 구해 왔군."
"제가 언제 허튼소리 한 적 있습니까?"
"설마설마했네만."
노형진이 가지고 온 자료는 충격적이었다.
홍안수가 어려서 스파이 교육을 받는 장면뿐만 아니라 그
가 쓴 충성 서약, 그리고 그가 대통령이 된 후에 보낸 기밀
정보에 관한 자료까지, 아주 충분한 자료가 있었다.
"이걸 가지고 어떻게 해야 하나……."
"유럽 쪽에서 터트릴까 생각 중입니다."
"유럽?"
"중국이나 미국은 믿을 수가 없으니까요."
"하긴……."
홍안수는 유독 중국과 미국에 약한 모습을 보여 왔다.

일본은 이해한다고 쳐도, 중국과 미국은 그럴 이유가 없는 데 말이다.

"그걸 감안하면 중국과 미국 역시 그가 스파이라는 걸 알면서도 모른 척하며 이용했을 가능성이 크군."

"맞습니다. 그러니 상대적으로 정보력이 달리는 독일 쪽에서 터트린 후에 다른 나라로 퍼 나르는 게 맞다고 생각합니다."

독일에서 터트린 후에 미국을 통해 다시 한국으로 온다면 아무리 미국 정부나 한국 정부에서 막고 싶다고 해도 불가능하다.

"쉽지는 않겠군."

자유신민당 입장에서는 그가 스파이라고 하면 당의 생명이 위험해질 것이다.

반대로 민주수호당 입장에서는 지금 탄핵을 못 시키면 약점이 드러난 홍안수가 무슨 짓을 할지 모르게 된다.

"이제 타협은 없습니다."

"그렇겠지."

원래도 두 당은 사이가 안 좋지만 아마도 이 사건으로 돌이킬 수 없는 강을 건너게 될 것이다.

"내부의 간자들 역시 총력전을 펼칠 테고요."

홍안수만 간자로 들어와 있으라는 법은 없다.

돈의 마력은 너무나 강하니까.

"각오하고 있네."

"계엄령까지요?"

"후우."

사실 계엄령은 법적으로 국회의원들이 요구하면 풀도록 되어 있다. 하지만 계엄령을 내릴 정도라면 기본적으로 국회 의원에 대한 체포는 기본으로 들어간다고 봐야 한다.

"당연히 헌법을 정지시키겠지."

이미 한 번 해 봤는데 두 번은 못 하겠는가?

"더군다나 친위 쿠데타 형식이 될 겁니다."

쿠데타가 누군가가 권력을 잡기 위해 하는 거라면, 친위 쿠데타는 권력을 유지하기 위해서 하는 것이다.

"군부에서부터 경찰, 검찰까지 모두 혈안이 되어서 쿠데 타를 도울 겁니다."

"그걸 준비하는 게 제일 힘들겠군."

"그렇습니다."

노형진은 고개를 끄덕였다.

"내전을 각오하셔야 할 겁니다."

"내전이라……."

씁쓸한 표정이 되는 송정한.

"그렇게까지 가지는 않기를 하늘에 빌자고."

"저도 그러고 있습니다."

하지만 두 사람 다 인간의 욕심이 얼마나 큰지 누구보다 잘 알고 있었기에 그저 걱정만 앞섰다.

과거의 진실

　국가가 난리가 난다고 해도 세상은 나름의 방식으로 굴러가기 마련이다.

　그리고 역사적인 사건도 있기 마련이었다.

　"동생을 찾고 싶으시다고요?"

　"네. 죽은 건 알지만, 시신이라도 찾아서 제사라도 지내주고 싶습니다."

　반백의 노인. 그는 자신의 사위라는 사람의 손을 잡고 노형진을 찾아왔다.

　"제 동생이 어디서 죽었는지도 모르고 어디서 사라졌는지도 모릅니다. 하지만 그래도, 제사라도 꼭 한번 지내 주고 싶습니다."

바깥에서의 탄핵 소동은 그에게는 중요한 게 아니었다.

중요한 것은 자신의 죽은 동생을, 그 시신이나마 보고 싶다는 노인의 간절한 절망뿐.

"실종 시기가?"

"1980년 12월입니다."

"으음……."

노형진은 신음 소리를 냈다.

그럴 수밖에 없는 게 이 시기라고 하면 사실 답이 나와 있기 때문이다.

"이 시기라고 하면……."

"압니다, 제 동생이 어디로 갔을지는……."

고개를 숙이는 노인, 박덕화는 이미 포기한 눈치였다.

"하지만 그래도 죽은 후에 저세상에서 부모님에게 동생의 시신이라도 찾았노라고 말씀드리고 싶습니다."

박덕화의 눈빛은 너무나 힘들어 보였다. 그 당시의 기억을 더듬는 것 자체가 쉬운 일이 아닐 테니까.

"동생분의 나이가 어떻게 되십니까?"

"그 당시에 열네 살이었습니다."

"열네 살이라……."

"네. 학교에서 수업을 마치고 오던 중에 실종되었는데……."

"중학생이었군요."

노형진은 사실대로 말하기로 했다.

"어르신, 솔직히 말씀드리지요. 찾는 게 쉽지는 않을 겁니다. 사실대로 말씀드리자면 시신이 없을 가능성도……."

"이미 수십 년 전 일인 것은 알고 있습니다. 그렇지만 그래도 마지막까지 노력해 주시면 안 되겠습니까?"

노형진은 그의 말에 어쩔 수 없다는 듯 고개를 끄덕거렸다.

"알겠습니다. 제가 최선은 다해 보지요. 다른 누구도 할 수 없는 일일 테니까요."

노형진은 그렇게 말하며 사건을 받아들였다.

그 말이 맞기는 하다. 노형진이 아니면 누구도 할 수 없는 일이니까.

⚖️

"삼청 교육대라……. 이거 참 사건이……."

"애매하죠?"

김성식이 자료를 보며 미간을 찡그리자 노형진은 머리를 긁적거렸다.

삼청 교육대.

1980년에서 1981년 사이에 운영된 강제수용소.

공식적으로는 1년을 간신히 넘는 기간만 운영된 그곳이 대한민국의 역사에 미친 영향은 어마어마하다.

그동안 정부에서 삼청 교육대라는 존재에 대해 학교나 사회에서 거의 교육을 하지 않았음에도 불구하고 그렇게 유명한 건 그 악랄함 때문이다.

"공식적으로도 조사된 적이 없는 문제니까."

공식적으로는 6만 명이 넘는 사람들이 잡혀갔으며, 그중 수천 명이 장애나 정신병을 가지게 되거나 혹 추후 자살하는 등 심각한 문제를 만들어 냈다.

그마저도 정부의 공식적인 발표가 그렇다.

"그런데 이 '공식적'이라는 것도 웃긴 거지."

애초에 지금까지 삼청 교육대에 끌려간 사람들의 명단은 발견된 적이 없다.

즉, 이 공식적이라는 말은 정부에서 잡은 최소 추정치일 뿐이며, 조사 이전에 그곳에서 사망했거나 한 경우는 아예 집계조차도 잡혀 있지 않다는 걸 의미한다.

"일설에서는 10만 명이 넘는다고도 하고."

"그 정도인가요?"

"그러고 보니 자네는 잘 모르겠군."

"제가 태어나기 전이니까요."

김성식은 쓸쓸한 미소를 지었다.

"나도 그때를 잘 기억하는 건 아니네만…… 살기 위해 숨도 크게 쉬지 말아야 하는 시절이었지."

원래 삼청 교육대는 공식적으로는 그 당시 집권자가 범죄를 소탕하고 국가의 안정을 위해 만든 것으로 되어 있다.

하지만 현실은 전혀 달랐다.

현실은 범죄자를 처벌하는 게 아니라 사회에 불평불만을 가진 사람, 그 당시 쿠데타 세력에 불만을 가진 사람 등등을 죽이기 위한 도구였다.

"그 당시에는 진짜 살벌했지. 아는 선배님에게 듣기로는 진짜 무차별적이었다고 하더군."

삼청 교육대가 만들어진 후에 그곳에 들어간 사람들은 제대로 재판받지 못했다.

"거의 즉결 처형이었지."

경찰이 찍어서 보내면 무조건 가던 시대.

그 시대의 경찰이 지금의 수뇌부인 것이 문제다.

"사건이 많았나 보군요."

"그래, 너무 많았지. 내가 우리 애들 교과서를 보니 그 이야기만 쏙 빠져 있더군."

씁쓸한 표정이 되는 김성식.

"오죽하면 그 1년 사이가 한국인에게 악몽이 되었겠는가."

그 당시의 삼청 교육대는 할당제였다.

그게 무슨 소리냐면, 진짜 범죄자를 잡아서 처넣고 계도하는 게 목적이 아니라 경찰에게 할당치를 매긴 후 그 숫자를 맞추게 하는 식이었다.

"학교에 다닐 때 경찰이 찾아와서 반별로 두 명의 문제아를 강제로 차출하라고 했다더군."

"강제로요?"

"그래."

물론 학교마다 문제아가 없는 것은 아니다.

하지만 모든 반에서 일률적으로 두 명씩? 그건 말도 안 된다.

"자기 담임이 저항했는데 강제로 끌려갔다고 하더군. 그리고 반에서도 두 명이 지목되어서 끌려갔는데, 정작 문제아는 안 끌려가고 힘없는 집 애들만 끌려갔다고 하더군."

"힘없는 집요?"

"그래. 문제라는 게 뻔하지 않나? 지금도 학폭을 보면 그 지경인데."

"아아."

학교 폭력범들이 다 잘사는 집 자식은 아니다.

하지만 처벌받는 학교 폭력범들은 대부분 못사는 집 자식들이다.

잘사는 집은 변호사를 사서 처벌을 낮추고 피해자를 괴롭혀서 쫓아내니까.

"그 시대라고 달랐겠나? 그래서 끌려갔다 온 동기는 돌아오고 2주 있다가 자살했다고 하더군."

할당량을 채우지 못한 경찰이 그냥 길을 가다가 눈에 띄는 사람을 그대로 강제로 끌고 가기도 했다고 한다.

심지어 멀쩡하게 버스를 기다리던 직장인을 일단 두들겨 패서 끌고 가는 경우도 있었다고 한다.

그래야 자신의 할당량을 채울 수 있었으니까.

"그나마 학교에서라든가 범죄로 끌려간 사람들은 기록이라도 남지, 그렇게 길거리에서 끌려간 사람들은 기록도 안 남아. 공식적으로 내가 알고 있는 가장 어린 피해자는 열두 살이네."

열두 살. 고작 초등학교 5학년이다.

그 나이에 뭐 그리 큰 잘못을 했다고 끌려가서 그 고통을 받아야 했나?

"가난해서 구두닦이를 했다고 하더군. 그리고 그게 부자들의 눈에는 보기 안 좋았던 거지."

"흠......"

"그걸 그 당시에 검찰과 경찰은 엄청 악용했고."

삼청 교육대에 끌려간 것은 남자만이 아니었다.

여자들 역시 끌려갔는데, 그곳에 끌려간 여자들은 상당수가 집단 강간을 당해야 했다.

저항하지 못하는 여자들이 끌려왔는데, 그들을 통제해야 하는 건장하고 무식한 놈들이 과연 발정이 안 났을까?

그러다가 임신이라도 하면 그냥 패 죽이면 끝나는 일이었다.

그곳에서 있었던 일에 대해서는 그 누구도 뭐라고 하지 않았고, 그 누구도 바로잡으려고 하지 않았다.

당시에 그들을 관리하던 조교들 중 일부는 인간적인 모습을 보이려고 했지만 그 대가는 같은 조교에게 맞아서 병신이 되거나 간첩이라는 죄를 뒤집어쓰고 남산으로 끌려가는 것이었다.

불만분자를 포섭해서 국가를 전복하려고 한다고 말이다.

"그렇다고 효과가 있는 것도 아니었고."

애초에 진짜 범죄자들은 삼청 교육대가 아니라 재판을 받아서 교도소로 가는 형태였고, 경찰들은 범죄자를 찾는 게 아니라 자기 할당량을 채우기 위해 도리어 범죄자들을 추적할 시간이 없어서 그 당시에 범죄 추적을 거의 포기하다시피 해야 했다.

당연히 범죄율은 무섭게 치솟았고 말이다.

"심지어 경찰이 무리한 요구를 해서 거부했더니 삼청 교육대로 끌려간 경우도 있었던 모양이야."

"무리한 요구요?"

"돈이나 잠자리 같은 것 말일세."

경찰은 그 당시에 무소불위의 힘을 휘두르고 있었고, 그들의 말 한마디에 누군가의 인생이 끝날 수도 있었던 시절이었다.

"가령 네가 나랑 잠자리를 갖지 않으면 너의 남편이나 자식을 삼청 교육대로 끌고 간다는 식의 협박이 잦았던 모양이더군."

노형진은 고개를 절레절레 흔들었다.

"그런 시스템이 효과가 있을 리가 없을 텐데요?"

노형진의 말에 피식하고 웃는 김성식.

"조두순과 조양은이 삼청 교육대 출신이네. 그거면 말 다 했지."

"하긴."

법조계에서 일을 하다 보면 자연스럽게 알게 된다.

사람은 고쳐 쓰는 게 아니라는 걸 말이다.

"더군다나 지금까지 그곳에서 사망자가 얼마나 나왔었는지 알 수가 없으니까."

국가가 대놓고 사람을 죽여도 어쩔 수 없었던 그 시절.

하물며 강제로 끌려가서 실종된 사람이라면 국가에서 찾아 줄 리가 없다.

삼청 교육대는 한국의 킬링 필드였다.

"그냥 갑자기 사라졌다가 반병신이 되어 나타나서 삼청 교육대에 갔다 왔다고 하면 절망할 뿐이었지."

"이번 사건도 그렇게 강제로 끌려간 사람이겠군요."

"그럴 걸세."

물론 삼청 교육대에 관한 특별법이 만들어진 것은 사실이다.

그러나 그 배상 조건이 참 웃긴데, 그 당시에 삼청 교육대에서 고통받았다는 걸 피해자가 직접 증명해야 하는 형태였기 때문에 의미가 없는 법에 가까웠다.

더 웃긴 건 그 법이 진짜 보상이 아니라 소위 말하는 반동분자를 걸러 내는 데 동원되었다는 것이다.

그 당시에 보상해 준다고 하고는 자기 스스로 신고하도록 했는데, 그렇게 신고한 사람들은 경찰과 정부에 반동분자로 찍혀서 개정되지 않았다고 다시 괴롭힘을 당했던 것이다.

수십 년이 지난 후에야 그나마 재평가가 이루어졌지만 여전히 극우 세력은 그곳에 있었던 사람들은 모두 강간범에 살인마라며 자기 합리화를 멈추지 않고 있다.

공식적인 기록으로만 1만이 끌려갔고 비공식적으로는 10만이 넘을 거라 예상되는데, 그들이 어떻게 다 강간범에 살인마이겠는가?

심지어 여중생조차도 길거리에서 다툼을 했다고 경찰에서 삼청 교육대로 끌고 갔다는 기록이 있다.

"박덕화 씨의 동생 같은 경우는 아무래도 자료가 없는 모양인데. 박덕우 씨라고 했던가?"

"맞습니다."

"공식적인 사망자 명단에는 없고…….."

공식적으로 삼청 교육대로 인한 사망자는 쉰네 명이다.

하지만 그 당시에 삼청 교육대는 사회에 도움이 안 되는 자들, 즉 사회적 잉여 인간의 처분 장소로도 활용되었고, 중년인이나 학생, 심지어 우울증 환자나 장애인조차 강제로 끌고 가서 하루 종일 구타와 가혹 행위 그리고 육체적 고통을 주기 위한 수많은 체조들로 괴롭혔는데 사망자가 고작 쉰네 명밖에 안 될 리가 없다.

"당장 그 당시 사람들이 증언한 것만 해도 수백은 넘고."

어느 순간 사라진 사람들은 애초에 자료조차 없다.

그래서 그 당시 사망자가 천 명이 넘는다는 말도 있다.

"뭐, 이탈하면 현장에서 총살이었으니까."

삼청 교육대라고 하지만 특정 교육장이 있었던 것은 아니다.

전국에 있는 군부대에 배치해서 훈련받게 했는데, 당연하게도 그 당시에 그걸 감시하던 것은 무장한 군인들이었다.

당시 규칙에 따라 이탈하려고 하는 자들은 무조건 총살이 인정되었기 때문에 이탈은 꿈도 못 꾸고, 얼마나 많이 죽었는지도 알 수가 없다.

"그런 실종 사망자들에 대한 문제가 심각하기는 하죠."

사실 그 가족들이 원하는 건 돈을 받는 게 아니다.

다만 죽은 가족이 어디에 묻혀 있는지, 최소한 그들의 생사라도 확인하고 싶은 게 바로 가족들의 마음이다.

"하지만 쉽지 않을 거야. 자네도 알다시피 우리 역사에서는 상당히 예민한 문제가 아닌가?"

그 단시간 내에 발생된 피해를 생각하면 삼청 교육대는 러시아의 굴라그 정도의 강도를 가지고 있다.

오죽하면 차라리 죽고 싶다고 자살을 했겠는가?

"그 자료를 가지고 있는 사람은 없네. 정권이 바뀌면서 깡그리 소각 처리해 버렸으니까. 더군다나 삼청 교육대의 조교

노릇을 한 건 그 사람들에게도 감추고 싶은 기밀이야."

"알고 있습니다. 하지만 시도는 해 봐야지요."

그런 일은 제법 많다.

당장 광주나 제주도에서 학살에 참여한 사람들은 어마어마하게 많지만 그들은 평생을 입을 다물고 살았다.

삼청 교육대도 마찬가지.

사실상 자신의 손으로 사람을 죽였다는 걸 자랑하고 싶은 사람은 없을 테니까.

"흠……."

"그래도 드러난 사람은 있지 않겠습니까?"

노형진의 말에 김성식은 잠깐 고민하다가 입을 열었다.

"드러난 사람이야 있지. 하지만 박덕우 씨에 대한 기억이 있지는 않을 걸세."

이어 정색을 하고 경멸하듯 말했다.

"그 당시에 조교들에게 강제로 세뇌되다시피 한 건 끌려온 사람이 인간이 아니라 짐승, 아니 그 이하라고 하는 거였다네. 좀 독하게 말하면, 삼청 교육대는 사람들을 마루타 취급한 거지."

그런 상황에서 이름을 불러 줄 리가 없다.

그들을 부르는 명칭은 당연히 번호였고, 개개인의 존엄성은 없었다.

"아까도 말했지만 피해자들을 인격적으로 대해 준 소수의 조교들은 빨갱이라고 잡혀가서 모진 고문을 당했네.”

그러니 박덕우의 신변이나 이름에 대해 알고 있는 사람은 없을 것이다.

“제가 원하는 건 그 현장이 아니라 그곳에 있던 경찰입니다.”

“경찰? 아!”

박덕우는 학교에서 집으로 가는 길에 잡혀갔다고 추정되고 있다.

“그 당시에는 지역별로 할당량이 떨어졌을 테니까, 그곳에서 할당량을 채우기 위해 끌고 간 놈은 당연히 경찰이겠지요.”

“그렇군. 조교만 생각했지 경찰은 생각 못 했어.”

그리고 경찰의 근무 기록은 당연히 남아 있다.

그 지역의 관할 경찰서에서 추적이 가능하다면 당연히 의심스러운 자를 찾을 수 있으리라.

“좋아, 내 기꺼이 도와주지. 이런 역사의 그림자를 지우는 것도 결국은 우리 변호사들의 업무니까.”

김성식은 자신이 있다는 듯 말했다.

⚖️

김성식은 노형진의 부탁대로 그 시절에 근무하던 경찰들에 대해 수소문을 했고, 그 결과 개중에서 그나마 믿을 만한 사람을 찾을 수 있었다.

"그 당시에는…… 지옥이었지."

그 당시에 박덕우의 집을 관할하던 경찰인 상진택은 힘겹게 입을 열었다.

"그때는 경찰도 매일같이 두들겨 맞았어."

할당량이 정해져 있었고, 상부에서는 그걸 채우지 못하면 경찰을 끌고 가겠다고 협박을 했다.

"할당량은 매일같이 내려오는데 그걸 채울 방법이 없었지."

"범죄자를 잡아서 보낼 수 있지 않았나요?"

"그러면 좋지. 하지만 그게 가능할 리가 없지 않나?"

수사에는 시간이 필요하다.

당연히 그때는 지금처럼 과학수사도 없었고 CCTV도 없었다. 그냥 감과 경험으로 추적해야 하던 시기다.

"그러니 제대로 수사하기도 힘들었지."

일반 범죄자 잡기도 힘들어 죽겠는데, 국가에서는 경찰에게 어마어마한 숫자의 갱생 대상, 즉 삼청 교육대 대상자를 끌고 오도록 강제했다.

"그렇다고 아무나 잡는 것도 안 되고. 그 당시에는 부도덕한 경찰들이 참 많았지."

일단 잡아 두고 삼청 교육대에 보낸다고 하면 집안에서 어떻게 해서든 돈을 만들어 왔다.

그리고 거기에 재미 들린 경찰들은 범인을 잡기보다는 돈 좀 있어 보이는 사람을 잡는 데 혈안이 되었었다.

어차피 그 시기에는 굳이 범죄자가 아니어도 교육 대상자만 끌고 가면 실적으로 인정되니 안되면 아무나 잡아가면 그만이었던 것.

"그 당시에 우리 반장은 두 달 만에 집을 사더군. 두 달 만에 말이야."

상진택은 씁쓸한 미소를 지었다.

"나는 그러지 못해서 엄청나게 괴롭힘을 당했지. 서장실에 가서 뒈지게 맞기도 했네, 돈을 뜯어 오라고 했더니 제대로 뜯어 오지도 못하고 범죄자만 잡아들인다면서."

"어이가 없네요."

경찰의 존재 목적이 범죄자를 잡는 건데 그 시기는 그게 아니라 돈을 뜯는 게 목적이었다니.

"그러면 혹시 학생도 많았습니까? 중학생들요."

"많았지."

"그중에서 박덕우라는 사람을 기억하십니까?"

"박덕우라……."

상진택은 잠깐 생각하는 듯하더니 고개를 흔들었다.

"미안하네만 전혀 모르겠네."

"그의 집의 관할서가 이곳입니다. 그러니 당연히 여기에서 잡혀갔을 텐데요?"

"하지만 내가 그 당시의 일 대부분을 기억하거든. 특히나 학생 같은 경우는 말이지."

돈에 눈멀어서 닥치는 대로 잡아 오는 놈들이 많았지만 그래도 학생은 최대한 빼 주려고 노력은 했단다. 그게 노력만으로 끝난 경우가 대부분이라서 그렇지.

　　"그리고 학생들은 대부분 돈이 안되니까 많이 잡아 오지도 않았어."

　　그때만 해도 학생들은 교복을 입고 다녔다.

　　그래서 그 부모가 부자인지 아닌지 알 수가 없었기에 표적이 되는 일은 드물었다.

　　"하지만 수량을 채우기 위해서라면……."

　　"그건 그렇지. 그렇지만 내 기억에 중학생은 없었어. 특히 박덕우라는 이름은 전혀 기억에 없네."

　　"아……."

　　노형진이 안타까운 탄성을 내지르는 그때, 상진택은 의외의 소리를 했다.

　　"그곳이 아닐지도 모르지."

　　"무슨 말씀이신지요?"

　　"그때는 말이지, 내가 부임한 곳은 가난한 동네였어."

　　"네? 그게 무슨 말씀이십니까?"

　　"할당량을 채운다고 해도 문제가 없다는 거지."

　　강제로 끌고 왔다고 해도 문제가 없는 사람들. 그러니 할당량을 채우기가 어렵지 않았던 곳이다.

　　"하지만 옆 동네는 부자 동네였네."

"부자 동네요?"

"그래. 그 당시에 막 아파트들이 들어서고 부자들이 모여들던 동네였다네."

그런 곳은 반대로 섣불리 끌고 갈 수가 없다.

부자라는 것은 정부에 선이 없으면 존재할 수가 없는 시대였으니까.

설사 선이 없다고 해도, 적당한 돈을 가지고 흔들면 선은 자연스럽게 만들어진다.

"그렇다 보니 마음대로 잡아갈 수가 없었다고 들었네."

만일 잡았는데 이 사람이 장관과 아는 사이라도 되면, 바로 끌려가서 빨갱이라고 온갖 고문을 받다가 의문사하는 건 그가 아니라 경찰이 될 테니까.

"그런데 관할대로라면…… 거기에 중학교가 포함되지."

"중학교가요?"

"그래."

쉽게 말해서 박덕우의 집은 상진택의 관할구역이 맞았지만 학교는 옆 구역이었다는 소리다.

"그리고 그때는 가난한 집 아이와 잘사는 집 아이 구분이 쉬웠으니까."

"아까는 구분이 어렵다고 하지 않았나요?"

"어느 정도 차이라면 그렇다는 거지."

하지만 그 당시에 새로 생긴 아파트의 가격은 어마어마했

다. 그곳에서 들어가 사는 사람들의 재산 수준은 비교도 못
할 만큼 엄청났고 말이다.

"여기가 10만 원 정도 차이 났다면 당시의 그 동네는 그
시절에 100만 원 이상 차이가 났으니……."

당연히 잘 먹고 잘살 수밖에 없다.

그러니 학생이라고 하지만 그 때깔이라는 것에서부터 차
이가 날 수밖에 없다.

"한쪽은 꼬질꼬질하고 다른 한쪽은 깨끗하다면 답이 나오
는 거 아니겠나?"

"흠……."

그 당시에 강제 할당량 때문에 경찰들은 무차별적으로 사
람을 잡아넣었다. 그런데 부자 동네에서 그런 짓을 했다가는
경찰 본인이 죽을 수도 있다.

더군다나 그런 동네는 치안도 엄중하기 때문에 도둑도 별
로 없는 편이다.

깡패? 그런 일이 터지면 그 지역의 군이 들이닥쳐서 끌고
가도 문제가 없던 시절.

'하지만 어떻게든 할당량은 채워야 했겠지.'

그래야 경찰 본인이 끌려가지 않으니까.

"학교에서 오다가 끌려갔다."

그게 상진택의 말이었다.

"예상인가요?"

"예상이 아니야."

고개를 흔드는 상진택.

"그 학교에 다니던 애들 실종 신고가 많았지. 특히 가난한 애들이 말이야."

"네? 하지만 거리가 좀 될 텐데요?"

"거리가 상관없던 시대였어. 웃기진 말지. 그때는 학교 갈 때 한 시간 정도 걷는 건 너무 당연했던 시대야."

그 당시는 지금처럼 의무교육이 아니었다.

중학교 평준화가 이루어진 시점이라 명문 학교에 따로 시험을 보는 건 아니었지만, 문제는 학교 자체가 그다지 많지 않았던 시대라는 것이다.

그러니 그렇게 한 시간씩 걸리는 등하굣길을 걸어오다가 그 지역의 경찰에게 잡히면 저항도 못 해 보고 끌려간다는 것이다.

"거기에다 전산이라는 것도 없었으니."

이쪽에서 죽어라 서류를 뒤져 봐야, 애초에 이쪽으로 넘어온 서류조차 없었다면 그 애들이 어디로 갔는지 알 수가 없었던 것이 사실이었다.

"그리고 그때는 실종되면 '삼청 교육대에 끌려갔구나.'라고 생각하던 시대니까."

그건 남자든 여자든 상관없었다.

"몇몇 경찰은 강간을 목적으로 강제로 끌고 가기도 했지."

강간하고 삼청 교육대로 밀어 넣으면 거기서 반 미쳐서 돌아오니까.

  "광기의 시대였지."

  실종에 대한 조사? 추적? 그건 불가능하다.

  그때는 추적을 하다가 눈 밖에 나면 반동분자를 추적하는 네가 빨갱이 아니냐며 잡혀가서 온갖 고문을 당하다가 의문사를 당하던 시절, 권력을 잡은 자들은 공포로 한국을 지배하려고 하던 시절이었다.

  "그 말은, 옆 경찰서에서 잡아갔다면 알 수가 없다는 거군요."

  "그래."

  공유? 그런 건 있을 수가 없다.

  그들이 하는 짓이 나쁜 짓이라는 것은 그들도 안다.

  그러니 서로 정보를 공유할 리가 없다.

  "문제는 시간이 지났으니 자료가 없을 거라는 건데."

  "혹시 그걸 담당한 책임자나 알고 있을 만한 사람을 아십니까?"

  "알고 있지. 하지만 도와주지는 않을 걸세."

  "네? 어째서요? 귀찮으신 겁니까?"

  "내가 아니라 그 사람이 도와주지 않을 거라는 소리야."

  "그 사람이요?"

  "그래."

  상진택은 고개를 흔들며 말했다.

"그러면 그는 모든 걸 잃어버릴 테니까."

"제정신이 아니군."

그 당시 그걸 알 만한 사람은 그 지역의 경찰이었다.

그리고 현재 이 지역의 국회의원인 심양진이었다.

"뻔뻔함이 하늘을 찌르는군."

김성식은 듣고서는 어이가 없다는 듯 말했다.

심양진은 그 당시 그 지역에서 과장이었다고 한다.

쉽게 말해서 실무자로서 부하들을 족치는 역할을 하고 있었던 것이다.

"그 후에 경찰 내부에서 승승장구하고 최종적으로 서장을 하고 은퇴."

그리고 자유신민당에 입당한 이후에 정치를 한 것으로 되어 있다.

"상진택 씨 말로는 심양진이 그 당시에 삼청 교육대 쪽 업무를 총괄하는 총책임자 중 한 명이었다고 하더군요."

쉽게 말해서 잡아 온 자들에 대해 보고를 올리고 훈련소로 보낼지 여부를 결정하는 사람이었다고 한다.

"하긴 그 당시에도 훈방이 없었던 것은 아니지만."

말이 좋아서 훈방이지, 돈을 주면 훈방이고 아니면 삼청 교육대행이다.

"당연히 그 명단이 있었겠지만 도움을 주지는 않을 것 같군."

"그럴 겁니다. 심양진 그 인간, 이루 말할 수 없이 독한 모양이니까요."

아무리 관할이 다르다고 하지만 경찰들은 친하게 지낼 수밖에 없다.

거기에다가 심양진의 관할구역은 집값이 비쌀 수밖에 없었던 곳. 그런 곳에서 경찰이 사는 것은 쉽지 않았다.

"거기서 일하던 동료는 상진택 씨 동네에 살았다고 하더군요."

그래서 친하게 지냈는데, 어느 순간 사라졌다고 한다.

나중에야 그가 심양진에게 반기를 들었다가 빨갱이로 몰려서 남산으로 끌려갔다는 사실을 알았다.

그곳에서 모진 고문을 당한 동료는 돌아오고 나서 세 달쯤 있다가 자살했다고 한다.

"자기 부하를 그렇게 할 정도면 정상적인 마인드를 가진 사람은 아니라고 봐야겠지요."

그리고 한국 정치는 전부터 제정신으로는 못한다는 말이 나오고 있었으니까.

"그러면 제가 그를 만나서 한번 이야기해 보겠습니다."

"가능하겠나? 도움을 주지는 않을 것 같은데."

"일단 흔들어 보는 게 목적입니다."

노형진은 별 기대하지 않는다는 듯 말했다.

그리고 그 예상은 빗나가지 않았다.

⚖️

"사람을 뭐로 보고! 나 심양진이야! 국회의원 심양진! 양심에 거리낌 없는 삶을 살아온 사람이야!"

'그렇겠지. 양심이 없으니까.'

노형진은 심양진을 보면서 확신했다.

보통 사람들은 불확실한 것에 대해서는 확답을 하지 않는다. 특히 자신이 관련된 경우는 말이다.

더군다나 삼청 교육대는 수십 년 전 사건이다.

'그걸 지금까지 다 기억하면 그게 더 이상한 거야.'

그런데 전혀 모른다? 그건 진짜 관련이 없거나, 모른 척하고 싶은 거다.

'이미 증인이 있으니 관련이 없을 리는 없고.'

결국 모른 척하는 거다.

"심양진 씨, 제가 원하는 건 큰 게 아닙니다. 박덕우 씨의 생존 여부를 알고 싶은 것뿐입니다."

"아, 글쎄, 나는 모른다니까!"

"하다못해 그 당시에 잡혀간 사람들에 대한 정보라도 주십시오."

"모르는 걸 어떻게 달라고! 난 몰라!"

"심양진 씨!"

노형진은 결국 목소리를 높일 수밖에 없었다.

"벌써 수십 년 전 이야기입니다. 공소시효도 지났고 이제 당신에게 뭐라고 하는 사람도 없습니다. 우리가 공개할 것도 아니고요. 그 시절의 당신들도 피해자라는 거 압니다. 살기 위해 그런 것도 알고요. 하지만 그러니까, 유가족들의 마음을 조금만 더 알아 달라는 말입니다."

물론 정말 그런 사람이 있을지도 모른다.

하지만 노형진이 봤을 때 심양진은 결코 그런 타입은 아니었다.

'하지만 어쩔 수 없지.'

의뢰인은 동생의 시신이라도 찾기를 원하고 있다. 그러니 살살 달래서 정보를 캐내는 것이 최선이었다.

"그냥, 어디로 갔는지만 말해 주시면 되는 겁니다. 많은 것을 바라는 게 아닙니다."

그 당시의 시스템을 보면 심양진이 그들을 훈련시키거나 한 건 아니다.

다만 모아서 군사재판정으로 보내고 그 후에 군부대로 보내서 훈련시켰을 것이다.

"난 모른다니까."

하지만 심양진은 절대 말할 생각이 없어 보였다.

"난 관련도 없어! 혹시나 관련 있다고 떠들면 소송할 거야!"

눈이 벌게지는 심양진을 보면서 노형진은 직감적으로 그가 감추고 있는 게 있다는 걸 알았다.

그리고 상진택이 말해 준 사실이 생각났다.

일부 경찰은 단순히 할당량을 챙기는 걸로 끝내지 않았다고.

몇몇은 자신의 욕심을 채우는 데 그 권력을 이용했다고 말이다.

'그러고 보니……'

사실 이제 와서 심양진이 박덕우에 대해 말한다고 해서 그가 문제 될 것은 없다.

그런데 그는 필요 이상으로 입을 다물게 하려고 하고 있다.

'나에 대해 모를 수도 있지만……'

설사 그렇다고 해도 너무 심각하게 밀어붙이고 있었다.

"얘들아! 손님 가신다! 내보내 드려라!"

거의 조폭처럼 말하는 심양진.

노형진은 그를 돌아보고는 미련 없이 밖으로 나왔다.

그리고 입술의 끝을 살짝 올렸다.

"과연 네가 나한테서 벗어날 수 있을까? 후후후."

그 당시의 자료는 거의 없었다.

너무 오래되어서 사라진 것도 있지만, 그 당시에 군부조차
도 심각한 문제로 인해 고작 1년만 운영했던 삼청 교육대다.

국민들의 목숨을 파리 목숨으로 알았던 그 당시 정권조차
도 심각함을 인지할 정도면 문제는 어마어마하다는 거다.

당연히 삼청 교육대가 사라진 후에 모든 자료는 소각되었
다.

그래서 보상이나 실종자 탐색이 힘든 것이고 말이다.

"자네 말은, 그러면 심양진이 그 당시에 절대적 권력을 이
용해서 다른 욕심을 채웠다는 건가?"

"그렇습니다. 단순히 강제로 끌고 간 수준은 아닌 것 같습니
다. 물론 박덕우 씨에 대해서도 아는지는 잘 모르겠지만요."

"잘 모르겠다고?"

"삼청 교육대라는 단어 자체에 극도로 예민하게 반응했습
니다. 아예 저랑 이야기 자체를 하지 않으려고 하더군요."

"그 말은?"

"뇌물을 받고 빼돌리는 정도였다면 그런 반응까지 나오지
는 않았을 겁니다."

그 당시 공무원들에게 뇌물은 너무 당연한 것이었기 때문
에 그걸 가지고 저 정도로 화를 내지는 않을 것이다.

협박을 통해 돈을 뜯어냈거나 혹은 다른 뭔가를 저질렀을
가능성이 높다는 것이 노형진의 생각이었다.

그러던 중에 상진택이 했던 말이 생각났다.

"상진택 씨가 전에 그런 말을 했습니다. 그 권력을 통해 강간을 했다고요."

"뭐?"

"네, 분명 그랬습니다. 그때는 무심하게 넘어갔지만요."

어쩌면 그 말은 상진택이 한 최소한의 양심선언이 아니었을까?

"상진택 씨가 삼청 교육대의 진상 조사에 참가한 적은 없지요?"

"없지."

그는 그 당시의 경찰이자 조사 대상이었지, 조사 위원이 아니다.

"그 말은, 그가 들은 모든 경험은 주변에서 실제로 있었던 일이라는 소리죠."

"으음……."

"돈을 빼앗는 거야 흔하게 벌어진 일이라고 하지만 강간은 전혀 다른 문제죠."

"하긴, 전에도 말했지만 실제로 있었던 일이니까."

거절? 그건 불가능하다. 죽기 싫으면 말이다.

"삼청 교육대는 횟수 제한도 없으니까."

만일 자기에게 개기면 교화되지 않았다고 경찰이 마음대로 보내 버리면 그만이다.

실제로 단 1년 사이에 제일 많이 들어간 사람은 무려 네 번이라는 횟수를 기록했다.

교육 기간을 생각하면 나오자마자 바로 끌려들어 갔다고 해도 과언이 아니다.

"그곳에 대해 두려움을 가지고 있던 사람이라면 뭐든 하려고 하겠지."

노형진은 입술을 깨물었다.

"하지만 왜? 직접적으로 말하지 않고?"

"심양진은 정치인입니다. 상진택은 몰라도, 그 가족의 인생을 망치기에는 충분한 힘을 가지고 있지요."

김성식은 고개를 끄덕거렸다.

분명 그럴 가능성은 존재한다.

그러면 그걸 어떻게 입증할 것인가?

"방법은 하나뿐이군."

상진택을 설득해서 진실을 말하게 하는 것.

"어쩌면 새로운 범죄가 나올지도 모르겠군."

악랄한 여우

"진실을 말해 주십시오."

상진택에게 찾아간 노형진.

그는 돌려서 말하지 않기로 했다.

과거사는 해결해야 하는 문제다. 그게 설사 더는 아무 문제도 일으키지 않는다고 해도 말이다.

"과거가 바로 서지 않으면 미래도 바로 서지 않습니다. 친일파를 정리하지 못한 결과가 바로 보이지 않습니까?"

노형진이 말을 하는 내내 상진택은 눈앞에 있는 가방에서 눈을 떼지 못하고 있었다.

"이럴 이유가 있나? 이건 자네 일이 아니네만? 이 돈은 자네 돈이 아닌가?"

무려 2억. 상진택에게는 어마어마한 돈이다.

"과거의 진실에 대한 대가로는 부족하다고 생각합니다."

"이미 지나간 일일 뿐일세."

"그런데 왜 그런 말씀을 하신 겁니까?"

"……."

"생각해 보니 이상하더군요. 상진택 씨는 조사 대상이지 조사 위원은 아니었습니다. 그런데 그런 말을 하셨다는 건, 결국 보고 들었다는 거지요."

"……."

"양심에는 찔리지만 해결할 수는 없다고 생각하신 거 아닌 가요?"

"하아."

결국 상진택은 한숨으로 자신의 심정을 대변했다.

"내 아들은 공무원이네. 만일 심양진이 화가 나면……."

"보안은 지키겠습니다. 그리고 심양진은 제가 무슨 수를 써서라도 몰락시킬 테니 말씀해 주십시오."

"무슨 수로?"

"제가 얼마나 많은 정치인들을 몰락시켰는지 말씀드릴까요?"

노형진은 자신이 어떤 존재인지, 그리고 어느 정도 힘이 있는지 대략적으로만 말했다.

사실 다른 증거도 필요 없었다.

"2억? 저한테는 초 단위로 버는 돈입니다. 심양진이 그런

저와 싸워서 이길 수 있을 것 같습니까?"

"알겠네. 차라리 이참에 마음의 짐이라도 더는 게 편할지
도 모르지."

결국 상진택은 조심스럽게 입을 열었다.

두렵기도 했지만, 수십 년을 가슴에 감추고 살아온 비밀이
었다.

"나는 이 지역에서 오래 살았네. 이사도 안 가고 어려서부
터 이 지역에서 살았지. 당연히 경찰이 된 후에도 동네 사람
들이랑 친한 편이었고. 알고 지내는 사람이 많았으니까."

그는 그 시절에 다른 경찰들과 다르게 정의로운 편이었고
최대한 양심적으로 일하던 사람이었다.

"그 당시는 구두닦이가 흔하던 시절이었지."

그리고 그들은 여러 사무실을 전전하면서 구두를 닦아 주
는 게 보통이었다.

지금처럼 자리를 잡고 닦아 주는 게 아니라 사무실에 찾아
가서 닦아 주겠다고 영업하는 것이다.

"그중 한 애가 사라졌어. 중학생이던 여동생이 신고했더군."

"잠깐만, 구두닦이요?"

그 당시에 상진택의 말에 따르면 이쪽은 서민들이 생활하
는 지역이었다.

그리고 그런 곳에서 구두닦이가 생활이 될 리가 없다.

구두를 닦아서 생활하기 위해서는 구두를 신는 사람이 많

아야 하니까.

보통 행정 업무를 하는 사람들이 구두를 신는 걸 생각하면 공장이나 가난한 직장인이 많은 이곳에서는 구두를 닦는 걸로 생활이 불가능하다.

"설마?"

그에 반해 심양진의 구역은 개발된 구역. 당연히 사무실도 엄청나게 많다.

"얼마 후에 돌아왔지만…… 반병신이 되었더군."

그 시절에도 구두닦이는 저항할 힘도 없는 극빈층이 하는 일이었다.

그런 사람들이 삼청 교육대에 끌려간 후에 멀쩡하게 돌아오기는 힘들었을 것이다.

"그제야 알았지."

할당량을 채우기 위해 힘없는 학생도 잡아갔는데 구두닦이 정도야 얼마나 만만했을까?

"그 여학생이 도와 달라고 해서 도와줬는데……."

자기 오빠가 죽을 판국이 되자 그 여동생은 그나마 따뜻하게 대해 준 상진택에게 도움을 요청했고, 상진택은 병원비 정도는 도와줬다고 한다.

"얼마 후에 알았네. 그 여학생, 임신했더군."

"중학생이라고 하지 않았습니까?"

"중학생이었지, 그때."

그 말에 어떤 사실을 깨달은 노형진은 자신도 모르게 뿌드득, 이를 갈았다.

"심양진이 찾아왔다고 하더군."

자신과 잠자리를 하지 않으면 오빠를 다시 삼청 교육대로 끌고 가겠노라고, 그렇게 협박을 했다고 한다.

"오빠가…… 살려 달라고 동생에게 무릎 꿇고 빌었다고 하더군. 미친 개소리 같지만…… 그럴 만하지. 삼청 교육대는 말 그대로 지옥이니까. 차라리 죽는 게 나을 만큼."

그 소녀의 가슴이 얼마나 무너졌을까? 갑자기 사라졌던 오빠가 반병신이 되어서 돌아온 것도 충격적인데 자신에게 협박을 하는 경찰과, 그 경찰과 잠자리를 가져 달라고 무릎을 꿇고 눈물과 콧물을 흘리며 비는 오빠라니.

"하지만 저항할 수가 없었지."

결국 잠자리를 가졌다. 그리고 임신했다.

"내가 처음으로 인지한 사건이었네."

그 당시에 낙태는 불법이었다.

하지만 상진택은 그녀의 인생이 박살 나는 걸 두고 볼 수가 없었다.

"발각되면 징계가 떨어질 걸 각오하고 수술비를 내줬지."

그리고 그 두 사람은 수술이 끝나자마자 다른 도시로 이주하게 했다.

"그 후에 알음알음 알아봤지."

그래서 심양진이 그런 짓거리를 한 게 한두 번이 아니며 심지어 신혼부부에게까지 그 짓거리를 했다는 사실을 알았다.

그 당시에 제대로 된 직장은 심양진의 지역구뿐이었고 삼청 교육대는 교도소 이상으로 배격받았다.

취업은 물론이고 말 섞는 것조차도 말이다.

그럴 수밖에 없는 게, 교도소는 그냥 범죄자가 가는 곳이지만 삼청 교육대는 정치범도 갔기 때문이다.

그 말은 삼청 교육대 출신이면 정치범일 가능성이 있으며, 그들과 이야기했다는 것만으로 똑같이 삼청 교육대나 남산으로 끌려가서 고문당할 수도 있기 때문이다.

"그때 조사한 걸 상부에 보고했는데 무시당했네. 최소한 브레이크라도 걸 줄 알았는데 그런 것도 없었고."

"으음……."

지금도 경찰과 검찰은 팔이 안으로 굽는 것으로 유명하다.

그런데 과연 그 시절은 어땠을까?

"도리어 퇴근하다가 기습당했지. 세 달간 병원에 입원했었네."

물론 경찰에서는 조폭의 짓이라고 했지만 상진택은 그 말을 믿지 않았다.

조폭이었다면 경찰 내부에서 가만두지 않는다, 어떻게 해서든 잡아서 족치려고 하지. 같은 동료가 당했으니까.

하지만 그런 모습은 보이지 않았다.

"다른 경찰이군요."

"의심스러운 건 심양진이지. 다른 놈들이었다면 경찰들이 이 잡듯이 뒤졌을 테니까."

심양진에게 배운 경찰들이 똑같은 짓을 했고, 많은 여자들이 임신했으며, 많은 가정이 파탄이 났고, 많은 사람들이 이혼했다.

'그리고 그런 사람들은 어떤 배상도 받지 못했지.'

노형진은 한숨이 나왔다.

그건 국가의 권력을 이용해서 개인이 욕심을 채운 것이다.

"범죄이기는 한데……."

상황이 애매하다.

이건 국가가 배상할 문제가 아니다. 개인의 범죄이니까.

그런데 공소시효도 지났고 배상 시효도 지났다.

그런 만큼 이 상황에서 피해자들이 보상을 받거나 상황을 타개할 방법은 없다.

"나도 그놈이 싫네. 그놈이 뭔 짓을 했는지 누구보다 잘 알아. 그놈뿐만 아니라 그 지역에 배치된 놈들이 다 그랬지. 하지만 말이야, 방법이 없네. 그래서 말한 거야."

반쯤은 하소연하는 기분으로 또 혹시나 하는 기대로 그는 입을 연 것이다.

"그러면 그 이후에 고발하거나 한 적은 없습니까?"

"방법이 있겠나?"

군사정권은 오래 지속되었다.

수십 년 동안 관련 사항은 은폐되었고 자료는 사라졌다.

그사이에 심양진은 승진을 계속하면서 서장까지 올라갔고, 상진택은 갑자기 승진이 막혀 버렸다.

"그래서 얼마 가지 않아서 그만둬야 했지."

그런 상황에서 누구한테 보고를 한단 말인가?

나중에 민주주의가 들어왔을 때 심양진은 권력을 잡은 권력자가 되어 있었다.

그런 상황에서 상진택이 할 수 있는 건 아무것도 없었다.

결국 그렇게 삼청 교육대 문제는 묻혀 버렸다.

"무슨 상황인지 알겠습니다. 그러면 혹 그 사람들과 만남의 자리를 주선해 주실 수 있나요?"

"모르겠네. 연락이 끊어진 사람들이 많은지라."

이혼당하면서 자살한 여자도 있었고, 결국 자괴감에 남자가 자살한 경우도 있었다.

아무리 고통스럽다지만 다른 남자에게 자신의 아내를 상납해야 했다는 고통은 남자의 자존심을 붕괴시키기에 충분하니까.

"어린애들은 얼마나 많았나요?"

"제법 많았지. 내가 알기로는…… 중학생이 두 명이었고 고등학생이 세 명이었네."

"네? 고작 1년인데요?"

"고작이 아니라 무려 1년이지."

"제대로 미친놈이군요."

말 그대로 국가의 권력을 이용해서 무차별적으로 강간을 하고 다닌 것이다.

"내가 그들의 연락처를 알려 주고 싶어도, 애석하게도 나도 이제 연락이 되는 사람은 없네. 하지만 내가 관련된 사람들의 신상은 기억하고 있네. 내 평생의 한이니까."

그는 일어나서 자신의 방으로 들어갔다.

그리고 낡디낡은 수첩을 꺼내 왔다.

"지금이라도 진실을 부탁하네."

"걱정하지 마십시오. 진실은 꼭 알려 드리겠습니다."

노형진은 자신 있게 말했다.

⚖️

"심각하더군요."

노형진의 부탁을 받고 조사한 고문학은 고개를 흔들었다.

"수첩에 적혀 있는 사람들은 쉰 명쯤 되는데 그중 스무 명이 죽었습니다. 다섯 명은 자살이고, 일부는 고문 후유증으로 인해 사망한 걸로 보입니다. 병으로 사망한 사람도 있고요."

"그 정도인가요?"

"더 문제가 되는 건, 그 쉰 명 중에 국가 기록에 있는 사람은 아무도 없다는 겁니다."

이미 국가에서는 보상을 위해 시스템을 만들었다.

그럼에도 불구하고 거기에 등록하지 않았다는 건 증명할 수 없다는 걸 의미한다.

'하긴 당연하겠지.'

증명하려면 그 고통스러운 기억을 더듬어야 한다.

더군다나 이미 정부는 한번 보상을 해 준다고 속여서 그들을 조사하고 축출하려고 했다.

실제로 1990년대까지 삼청 교육대 출신이라는 기록이 공문으로 남겨져 있어서 취업부터 조사까지 모든 것에 불이익을 주도록 되어 있었다.

"그런 상황에서 정부를 믿고 다시 등록하려고 하는 사람은 드물 테고요."

노형진은 그나마 살아남은 사람들의 기록을 찾을 수 있어서 안도의 한숨을 내쉬었다.

다행히도 상진택의 수첩에는 그들의 주민등록번호가 적혀 있었던 것이다.

그 당시에는 개인 정보 보호법이니 뭐니 그런 게 없어서 무심결에 적어 둔 것이었는데, 요즘같이 주민등록번호만 있으면 뭐든 찾을 수 있는 시대에는 매우 귀중한 자료라 할 수 있었다.

"일단 만나서 이야기를 해 보시겠습니까?"

"그러지요. 부탁드립니다."

"그러면 같이 가시죠. 일단은 경호 팀을 같이 준비하겠습니다. 요즘은 분위기가 좋지 않으니."

"그러지요."

⚖️

고문학과 함께 움직인 노형진은 일단 가장 가까이에 있는 사람을 찾았다.

부천에서 작은 가게를 하던 남자는 노형진이 오자 일단 담배부터 빼어 물었다.

"후우."

"이런 소식을 가지고 와서 죄송합니다."

"죄송할 건 없지요."

그는 그렇게 말하면서도 끊임없이 담배를 피웠다.

"전화로 이야기는 들었습니다. 그래서 마음의 준비를 한다고 했는데……. 미안합니다, 담배 안 피우신다던데."

"이해합니다. 저는 괜찮으니까 얼마든지 피우셔도 됩니다."

남자는 다시 담뱃갑을 뒤적거리다가 빈 것을 알고 카운터에 있는 담배통에서 하나를 꺼내서 새로 뜯었다.

"죽어도 못 끊겠네요, 이거."

"제가 사정을 좀 들어도 될까요?"

노형진의 말에 남자의 손가락이 파르르 떨렸다.

그리고 한숨으로 대답을 했다.

"퇴근하다가 끌려갔습니다."

평소처럼 퇴근하는 와중에 심양진과 경찰이 찾아왔다. 그리고 강제로 자신을 차에 태웠다.

저항하려고 했지만 돌아온 건 무차별적인 구타였다.

"정신이 들었을 때는 이미 경찰서 감옥 안이었지요."

자신은 인정한 적도 없는 진술서에, 지장까지 다 찍혀 있는 상황.

그는 그곳에서 매일같이 반동분자니 **빨갱이**니 소리를 들으며 맞아야 했고 얼마 후에 군사재판정으로 넘어갔다.

사실 말이 재판이지, 그냥 경찰에서 공소장을 읽으면 바로 삼청 교육대로 넘어가는 수준이었다.

"나중에 알았습니다. 저를 고발한 게 사장이라는 사실을요."

그 당시에 사장은 그의 월급을 세 달이나 밀린 상황이었다.

당연히 생활을 할 수가 없었던 그는 사장과 대판 싸울 수밖에 없었다.

"그리고 사장이 심양진을 부른 거더군요."

심양진은 사장의 부탁을 받고 그를 잡아다가 삼청 교육대에 강제로 보냈다.

그 당시에는 그런 일이 아주 많았다.

최대한 임금을 안 주고 버티다가 돈 달라고 하거나 항의하면 경찰에게 몇 푼 주고 삼청 교육대로 보냈다.

다른 직원들의 저항? 퇴직?

그건 불가능했다. 만일 그랬다가는 삼청 교육대로 끌려갔으니까.

그 당시에 그래서 많은 노동자들이 돈도 받지 못한 채로 노예처럼 이용당해야 했다.

"그리고 그곳에서 진짜 매일같이 두들겨 맞았지요."

빨갱이라면서 너무 때려 대서 척추가 주저앉을 정도였다.

"하지만 살아는 왔지요……. 살아는……."

그는 씁쓸하게 웃었다.

"그곳에서 제가 본 죽은 사람만 여섯 명입니다."

세 명이 자살하고 두 명이 맞아 죽었다.

한 명은 탈출하다가 총에 맞아 벌집이 되었다.

'그런데 사망자가 쉰네 명이라고? 지랄하고 자빠졌네.'

노형진은 그 말을 들으며 씁쓸하게 미소 지었다.

"그렇게 돌아왔는데, 심양진이 찾아오더군요."

그 당시에 그는 결혼한 지 얼마 되지 않은 신혼이었다.

남편이 잡혀 갔으니 당연히 아내가 걱정하며 찾을 수밖에 없었는데, 심양진은 그녀를 보고 눈이 돌아간 것이다.

"처음에는 몰랐습니다. 그런데…… 얼마 후에 아내가 임신했다는 사실을 알았습니다."

시기적으로 맞지가 않았다.

아니, 불가능했다.

그는 삼청 교육대에서 돌아온 후 아내와 관계할 수가 없었다.

매일 밤이 두려웠고 매일 밤이 공포스러웠다.

성관계?

당장 주저앉은 허리 때문에 걷는 것조차도 힘든 지경이었다.

그런데 임신이라니?

그렇다면 바람?

그것도 이해가 가지 않았다.

결혼한 지 고작 두 달이다.

그가 삼청 교육대에 끌려간 시간은 그랬다.

"저는 묻지 않았습니다. 진실을 알면…… 제가 무너질 것 같았거든요."

아내 역시 말하지 않았다.

그저 남편의 재활에 힘쓸 뿐이었다.

시기가 맞지 않으니 시가에서는 난리가 났고, 친정에서조차 너 같은 년은 내 딸이 아니라고 부정해 버렸다.

그러나 그녀는 오로지 남편의 재활만을 위해 매달렸다.

"그리고 재활이 끝나 제가 다시 걸을 수 있게 되고, 얼마 뒤 출산한 아내는 자살했습니다."

그녀는 유언장을 남기고 자살했다.

"유언장에…… 적혀 있더군요. 제가 나오고 나서 얼마 지나지 않아서 심양진이 찾아왔다고."

그리고 자신과 잠자리를 같이하지 않으면 남편을 다시 삼청 교육대로 끌고 가겠다고 했노라고.

그녀는 남편을 살려야 했다.

이제는 제대로 걷지도 못하는 남편이다.

삼청 교육대가 과연 장애나 질병이 있다고 봐줄까?

아니다. 사실 삼청 교육대의 다른 목적 중 하나가 장애인의 말소가 아닐까 싶을 정도로 장애인을 끌고 가서 짐승 이하 취급을 했다.

많은 장애인들이 그곳에서 맞아 죽고 굶어 죽었다.

정상인도 못 버티는 고문을 그들이 이겨 낼 방법은 없었다.

다시 그곳에 끌려가면, 이제 제대로 걷지도 못하는 남편이 과연 살아남을 수 있을까?

"아내는 결국 어쩔 수 없이 희생된 겁니다."

저항할 방법은 없었다.

상대방은 합법적으로 남편을 죽일 수 있는 상대.

그 시절만 해도 여성에게 정조라는 것은 아주 중요한 요소였기에, 비록 남편을 끌고 간다는 협박에 심양진에게 굴복할 수밖에 없었던 그녀지만 양심의 가책을 이기지 못하고 결국 자살을 선택한 것이다.

노형진은 속에서 끓어오르는 분노를 삼키며 물었다.

"그러면 그 후에 신고는 안 해 봤습니까?"

"정부가 바뀌고 한번 했지요. 보상해 준다기에 말입니다."

그는 그렇게 말하며 자신의 다리를 툭툭 쳤다.

"그리고 그날 경찰들이 와서 제 다리를 부러트리더군요."

당장 신고를 취하하지 않으면 죽여 버리겠다는 협박에, 그는 어쩔 수 없이 취하해야 했다.

"아이는요?"

"아이는 고아원에 맡겼습니다. 아무리 아내의 아이라고 해도…… 동시에 악마의 자식이니까요."

과연 이 남자는 그 아이를 보면서 무슨 생각을 했을까?

사랑했던 아내의 자식?

아니면 자신의 모든 것을 파멸시킨 악마의 새끼?

어느 쪽이든 옆에 둘 수는 없었을 것이다.

그래서 선택한 것은 바로 고아원.

"그 이후에는 본 적이 없습니다. 추적도 안 해 봤고요."

"다른 피해자가 또 있다는 건 아십니까?"

"압니다. 소문이…… 심했지요."

그 당시에 심양진에 대한 소문은 어마어마했다.

알게 모르게 하려고 해도, 상대방이 한 달씩 갑자기 사라져서 안 나타나면 동네에서 모를 수가 없었던 시절이었으니까.

"혹시…… ."

노형진은 조심스럽게 말했다.

"그 진술…… 해 주실 수 있습니까?"

"해야지요."

애초에 전화를 받은 그 순간부터 그는 진술을 하기로 마음먹었다.

"아내를 위한 뒤늦은 복수를…… 이제라도 해야지요."

남자는 힘들게 말했다.

"그러려면…… 그 아이를…… 찾아야 합니다."

노형진은 조심스럽게 말했다.

충격받을 수도 있는 일이니까.

하지만 남자는 그다지 충격을 받지 않는 듯했다.

"상관없습니다. 어차피 그 아이는 제 인생에 없었고 앞으로도 없을 겁니다."

"알겠습니다."

노형진은 남자와 이야기를 끝내고 가게에서 나왔다.

그리고 차 안에서 주먹을 꽉 쥐었다.

"고 팀장님, 정보 팀 동원해서 그 시기에 출생한 모든 애들에 대해 조사 부탁드립니다. 특히 아버지가 경찰에 갔다온 사람들에 대해서는 확인 부탁드립니다."

"그 당시의 고아원도 털어 볼까요?"

"네, 제대로 털어 주세요. 피해자가 한두 명이 아닐 테니까요."

상진택은 자신이 아이의 낙태비를 내줬다고 했다.

그리고 이 남자는 태어난 아이를 고아원에 버렸다고 했다.

그 말은, 심양진이 피임 같은 건 생각도 하지 않았다는 소리다.

"다른 피해자가 더 있을 겁니다, 분명히."

노형진의 말에 고문학은 의심스러운 사람들을 추적하기 시작했다.

특히 그 남자, 아니 그 피해자가 이야기해 준 사람은 자료가 있기 때문에 찾는 게 어렵지 않았다.

물론 그에게 진실을 말하는 건 쉽지 않았다.

버림받은 자식이라는 자격지심도 있는데 거기에다가 강간범의 자식이라는 걸 말해 준다?

노형진은 일단 최대한 말을 아끼며 경고를 해 주었다.

"영화 같지도 않고……."

떨떠름한 표정이 된 남자, 김장성은 노형진을 바라보며 말했다.

"통화 때에도 말씀드렸다시피 이건 심각한 상황입니다. 미래와 정신 건강을 위해서는 모른 척 넘어가시는 게 좋습니다."

"그럼에도 불구하고 저를 찾아왔다는 건……."

"진실을 알게 되면 상당히 편한 삶을 사시게 될 겁니다."

"편한 삶……."

그는 고개를 돌려서 작은 사글셋방을 둘러봤다.

하긴, 고아원에서 나온 후에 끊임없이 떠돌아다녀야 했다. 그에게 가난이란 일생을 따라다닐 악몽 같은 것이었다.

"그것 이상입니까?"

"그것 이상입니다."

노형진은 김장성에게 진지하게 말했다.

그런데 김장성은 의외로 담담했다.

"아마도 제가 원하던 자식이 아니어서 그랬겠지요. 단순히 집이 가난했던 것 같지는 않고. 상황을 봐서는…… 제 아버지가 강간범이나 뭐 그런 놈일 가능성이 크겠네요."

노형진의 눈이 파르르 떨렸다.

자신은 아직 아무 말도 하지 않았다. 그런데 그는 마치 다 안다는 듯 말하고 있는 것이다.

"그걸 어떻게……?"

"고아니까요. 아버지가 누굴까 많이 생각했지요."

그리고 나이를 먹을수록, 아는 게 많아질수록 변수를 따지기 쉬워진다.

"고아원에는 많은 아이들이 있습니다. 부모를 잃어버린 아이들 그리고 가난해서 온 아이들…… 마지막으로 버려진 아이들."

부모를 잃어버린 아이들은 종종 부모가 찾아서 데려간다.

대부분 아이들을 잃어버리는 시기는 어느 정도 나이를 먹었을 때다. 한창 뛰어다니는 시기에 놓치는 것이다.

가난한 아이들은, 아무리 고아원에 아이들을 맡겼다고 해도 가끔은 부모님들이 찾아온다.

"저 같은 경우는……."

버려진 아이, 그것도 태어나자마자 버려진 아이.

이름도 없이 생일만 적혀 버려진 신생아.

"가난해서 버리더라도 하다못해…… 이름만이라도 지어주더라고요."

"아……."

그런데 이름도 없이 버렸다.

원하지 않았던 아이라는 소리다. 그러면 그 답은 뭘까?

"간단하지요. 강간으로 출생한 아이들."

"알고 지내오신 겁니까?"

"제가 좀…… 특수한 경우라서요. 보통은 신경 쓰지 않지만."

그는 뭔가를 꺼내서 노형진에게 내밀었다.

"결혼했습니다."

"결혼요?"

"네, 그리고…… 사실을 말해야 했지요."

아내는 고아원에서 같이 자란 동생 같은 여자였다.

같이 버려진 신세이지만 그는 아내에게 자신이 어떤 사람인지 말하고 싶었다.

"그래서 가능성에 대해 많이 생각했지요."

그렇게 자신의 추측을 말해 주고 괜찮겠냐고 물었다.

"이후 조사를 했습니다."

그리고 그 당시에 있었던 수많은 사건을 보면서 김장성은 가장 가능성이 높은 부분을 찾아냈다.

"그래서 찾다가 멈췄습니다."

김장성은 씁쓸하게 말했다.

자신의 아비가 정말 강간범이라면, 그 현실을 이길 수 있을까 두려웠다.

"그런데 생각보다 버틸 만하네요."

"미안합니다."

수십 년 전 정치인들의 잘못은 아직도 수많은 사람들을 고통 속에 두고 있었다.

"아닙니다. 그러면 제가 뭘 어떻게 해야 합니까? 제가 그 인간을 강간으로 고소해야 하는 것은 아닐 테고요."

"일단……."

노형진은 잠깐 심호흡을 했다.

그리고 그에게 조심스럽게 말했다.

"인지 청구를 하실 수 있습니다."

"인지 청구?"

"그렇습니다. 인지 청구를 통해 그의 친자임을 확인할 수 있습니다."

물론 심양진은 당연히 아니라고 할 것이다.

신고하고 싶어도 사실 공소시효가 끝났기 때문에 심양진을 처벌할 수 있는 방법은 없다.

　"하지만 인지 청구를 하면 자식과 똑같은 자격을 얻습니다."

　심양진은 재산이 수십억에 달하는 부자다. 그 돈을 전부 멀쩡한 방법으로 번 것은 아닐 것이다.

　"그 재산을 분할받을 수 있으실 겁니다."

　"그게 가능합니까?"

　"당장 양육비를 받아서 여기를 벗어날 수도 있을 겁니다."

　"양육비요? 하지만 제가 나이가 있는데요?"

　김장성은 이미 성인이다.

　그러니 성인인 그가 양육비를 받는다는 건 이해가 가지 않는 일이었다.

　"원래 양육비는 끝까지 줘야 하는 겁니다."

　성인이 되었다고 주지 않는 게 아니다.

　양육비는 기본적으로 성인이 되었다고 해도 추후 청구가 가능한 금액이다.

　"그러면……."

　"일단 양육비를 받으시면 지금의 셋방살이를 접고 멀쩡한 집으로 이사할 정도의 돈은 될 겁니다."

　김장성은 입술을 지그시 깨물었다.

　자신의 과거는 이미 박살 났고 더 이상 고칠 수도 없다.

　하지만 자신이 그 과거를 정면으로 마주하면 한 남자로서 당당하게 생활할 수 있게 된다.

"물론 편하지는 않을 겁니다."

상대방은 정치인이다. 분명 그를 공격할 많은 방법이 있을 것이다.

"하지만 걱정하지 마십시오. 혼자는 아닐 테니까요."

"혼자가 아니라고요?"

"네. 아마도 사람이 제법 많을 겁니다."

쾅!

박살이 난 명패.

그 앞에서 심양진은 주먹을 세게 쥔 채 부들부들 떨고 있었다.

"몇 명?"

"고소인이…… 아흔여덟 명입니다."

"무슨 개소리야! 내 자식이 아흔여덟 명이나 된다고?"

말도 안 된다.

자신이 아무리 여기저기 씨를 뿌렸다고 해도 그렇게 많을 수는 없다. 그런데 아흔여덟 명이라니?

"그 노형진이라는 놈이 그 시기에 주변 고아원에 입소한 모든 사람들을 설득했습니다."

김장성이야 피해자가 그를 기억하고 있었고 정확한 날짜
와 장소를 알고 있기 때문에 찾기 쉬웠지만, 그렇지 않은 피
해자들의 경우는 그냥 태어난 아이를 고아원에다가 맡기는
수밖에 없었다.

　　물론 피해자들이 낙태를 했을 가능성도 분명 존재하지만
아이를 고아원에 맡겼을 가능성이 더 크다.

　　"그래서 그중에서 몇 명이나 의원님의 자식인지 알 수가
없다며…….."

　　그들 모두가 친자 관계 인지 청구 소송을 했다.

　　"이런 개 같은…….."

　　그리고 이런 경우 답은 나와 있다.

　　유전자 검사라는 뻔하고 확실한 해결책이 있는 재판부에
서 미쳤다고 과거의 역사니 어쩌니 떠들지는 않는다.

　　결국 아흔여덟 명에 대한 유전자 비교 검사를 하게 될 것
이다. 그리고 거기서 진짜와 가짜가 나뉠 것이다.

　　"망할…….."

　　문제는 그중에 진짜가 있을 가능성이 높다는 거다.

　　그리고 그렇게 되면 그의 인생은 끝이다.

　　재산도 나눠 줘야 하고 배상금에 양육비까지 줘야 한다.

　　당연히 아내는 이혼을 요구할 테고, 그러면 재산을 분할해
야 한다.

　　"안 돼! 그럴 수는 없어! 어떻게 해서든 막아!"

"막을 방법이 없습니다, 의원님."

아무리 국회의원의 권력이 강력하다고 해도 자신에게 들어온 민사소송을 없앨 수는 없다.

"전화를 하든 위협을 하든 깡패를 보내든 해서 취하를 시키란 말이야!"

"이미 언론에서 냄새를 맡았습니다. 벌써 언론사 쪽에서 미친 듯이 연락이 오고 있습니다."

이 상황에서 갑자기 깡패들이 그들을 찾아다니면서 소를 취하하게 한다?

그건 대놓고 자기가 범인이라고 증명하는 꼴이다.

"이 무슨……."

심양진은 손이 바들바들 떨렸다.

수십 년 전에 다 끝난 일이라고 생각했다.

더 이상 그 문제로 구설수에 올라갈 일은 없다고 생각했다.

그런데 엉뚱한 데서 발목이 잡혔다.

"크…… 큰일 났습니다!"

그 순간 보좌관 한 명이 문을 벌컥 열고 들어왔다.

"큰일? 무슨 큰일?"

"노…… 노형진 녀석이…….."

파리한 얼굴의 보좌관은 힘겹게 말했다.

"살인범들을 추적하기 시작했습니다."

"뭐? 그거랑 나랑 뭔 관계인데?"

"그…… 그 인간들이 불법 의료인들입니다."

"불법 의료인?"

"그렇습니다. 그들이 기자회견을 하겠답니다."

멍하니 있던 심양진은 그 말이 무슨 뜻인지 이해한 순간 그대로 뒷목을 잡고 쓰러졌다.

⚖️

소파수술. 과거에 낙태를 뜻하는 일종의 암호 같은 것이었다.

엄밀하게 말하면 낙태와 소파수술은 전혀 다른 수술이다.

낙태는 태아를 고의로 죽여서 빼내는 거라면, 원래 소파수술은 자궁에 고인 피나 자연히 죽은 태아의 유체 등을 빼내는 수술이었다.

하지만 낙태가 불법이다 보니 그걸 일종의 은어로 소파수술이라고 부른 것에서 사람들이 소파수술이 낙태 수술이라고 오해하게 된 것이다.

"그때는 몰래 하는 낙태가 비일비재했으니까."

여전히 낙태 수술은 불법이다.

물론 완전 불법은 아니다. 장애가 있거나 강간으로 인해 생겨난 아이이거나 하면 24주 이내의 기간 내에서 낙태 수술을 할 수 있다.

하지만 80년대는 여성의 정조가 중요한 시기였고, 그 때문에 불법적으로 몰래 낙태하는 경우가 많았다.

그걸 행하는 사람들은 당연히 무면허였고, 그 수술 중에 사고로 인해 여자가 사망하는 경우도 많았다.

"그러면 심양진에 대해 아는 바가 있습니까?"

노형진은 그 점에 착안해서 그 당시 사건 기록을 뒤졌다.

그리고 불법 낙태 수술을 하다가 과실치사로 잡혀 온 사람을 찾을 수 있었다.

"많은 이야기를 듣지."

나이가 지긋한 여자는 담배를 물었고, 노형진은 불을 붙여 줬다.

"심양진에 대해 그 당시에 한 세 번쯤 이름을 들었지."

"세 번요?"

"그래, 세 번."

그 말은 그녀가 한 수술 중 최소한 세 번은 범인이 그놈이라는 소리다.

"하소연할 데가 없으니까. 억울하니까."

낙태를 하게 된 여자들이 그녀를 붙잡고 하소연을 했기에 그녀는 그 이름을 기억하고 있었다.

"그 건에 대해 이야기를 해 줄 수 있으신가요?"

"이 나이 먹고? 어차피 나는 살인범이야. 누가 내 말을 믿어 주겠나?"

"그래서 더더욱 믿어 줄 겁니다. 그 당시에 불법 낙태를 해서 처벌받은 기록이 있으니까요."

여자는 잠깐 고민했다.

"증언 정도는 해 주도록 하지."

"감사합니다."

그것만 해도 상당한 이득이다. 증인이 있고 없고의 차이는
어마어마하다.

"물론 그 당시에 수술을 의뢰했던 사람들에 대해서는 말
못 하네."

"으음, 그건⋯⋯."

그러면 신빙성이 확 떨어지기 때문에 노형진은 곤란한 표
정이 되었다.

그렇다고 무조건 공개하라고 하면 그 이후에 모든 걸 덮고
살아가는 사람들의 상처를 들쑤시는 꼴이다.

"걱정하지 마. 내 마지막 손님도 그 이름을 말했으니까."

"아, 그렇군요."

그러면 이야기가 달라진다.

이미 사망한 상황인 만큼, 그 가족들에게 접근해서 사정을
설명해서 사건을 진행할 수 있다.

"덕분에 살았네요."

노형진은 자신 있게 미소 지었다.

'어디 한번 이번에도 입 좀 다물어 보라고, 심양진. 후후후.'

은폐의 고수들

심양진은 영혼이 나간 듯한 표정이 되었다.

그럴 수밖에 없다.

아흔여덟 명의 사람들 중 무려 여덟 명이 그의 자식이었다.

그들에게 양육비를 줘야 하고 재산도 분할해 주어야 한다.

아내는 이혼 청구 소송을 걸었고 자녀들은 그를 사람 취급도 하지 않았다.

권력?

과연 수십 명을 강간한 사람을 정치인으로 두려고 하는 사람들이 있을까?

이미 그가 속한 당에서는 그를 방출했다.

그리고 자식이었던 자들은 그를 파멸시키기 위해 기꺼이 반대 정당을 위한 지지 연설을 하겠다고 나서고 있다.

"어떻게, 끝을 볼까요?"

그의 사무실은 텅 비어 있었다.

평소에 수많은 사람들이 인사하러 오고 보좌관들이 왔다 갔다 하고 당직자들이 연락하던 이곳에는 하루 종일 그 흔한 전화 한 통 없었다.

보좌관들조차 그가 끈 떨어진 연이라는 것을 알고는 재빨리 손절했다.

"더 이상…… 더 이상 어떻게!"

"제가 더 이상 못 할 것 같나요? 피해자가 한두 명이 아닐 텐데요? 당신에게 끌려간 사람도 많을 테고, 그 당시 기록 뒤지면 이 지역에서 실종된 사람도 많을 텐데?"

"크윽……."

"원하면 끝장을 보도록 하고요."

심양진은 고개를 숙였다.

어차피 끝장난 상황이다. 하지만 무섭고 두려웠다.

자신을 한순간 몰락시킨 노형진이 또 어떤 짓을 할지 두려웠다.

"어떻게 하시겠습니까? 그 당시에 끌고 간 사람들에 대해 생각 좀 해 보셨나요?"

심양진은 고개를 푹 숙였다.

"난…… 몰라."

"그래요? 뭐, 끝장을 보겠다고 하신다면야."

"진짜로 몰라! 그 박덕우라는 놈이 누군지도 모른다고!"

그 당시에 그에게 중요한 건 이름이나 출신이 아니었다.

할당량을 넘어선 실적이었고, 그 때문에 그는 무차별적으로 사람을 납치해서 삼청 교육대로 보냈다.

"그렇게 많은 사람들을 내가 어떻게 다 기억하느냐고!"

'개 같은 새끼.'

자신이 그들의 피 위에 살았다는 걸 인정하는 심양진의 말에 노형진은 턱 아래까지 올라온 욕을 눌러 삼켰다.

"그래서 어디로 보냈는지도 모른다는 겁니까?"

"44사단."

"뭐요?"

"이 지역에서 잡힌 사람들은 다 44사단으로 갔어."

사람들은 삼청 교육대라고 하면 거대한 한 장소를 생각하지만 사실 삼청 교육대는 군부대에서 운영하는 곳이었다.

부대 하나를 찍어서 그곳에서 사람들을 때리고 고문했던 것.

"이 지역은 44사단이 커버했으니까."

힘없이 고개를 숙이는 심양진.

하지만 노형진에게는 그가 전혀 불쌍해 보이지 않았다.

"44사단이라고?"

"네. 아직 있죠?"

"아직 있지. 확실히 44사단에서 삼청 교육대를 운영한 기록이 있기는 한데……."

김성식은 기록을 보면서 혀를 끌끌 찼다.

"하지만 그곳에서 사망한 사람은 고작 네 명이야. 그중에 박덕우는 없고."

"그러면 감춰진 거군요."

"그렇겠지."

김성식은 곤란한 표정이 되었다.

"여기서부터 막히는군그래."

"그러니까요. 이건 우리도 어떻게 할 수가 없는데 말이지요."

군부대는 넓다.

군은 단순히 막사와 연병장만을 포함하는 게 아니라 주변의 산까지 다 포함해서 경계한다.

"당연히 시신은 산에다가 묻었을 테지."

그리고 군이라는 공간에는 민간인이 절대 들어가지 못한다.

군이 이전하는 경우는 거의 없으며, 설혹 이전한다고 해도 그 지역은 대부분 개발되지 않는다.

개발이 된다고 해도 그런 공간은 중장비를 동원해서 밀어

버리지 사람이 일일이 파지는 않는다.

"아마도 조사는 불가능할 거야."

군에서 과연 자신들이 조사하는 것을 허가할까?

그럴 리가 없다.

군이 민간인을 끌고 가서 죽였다는 것. 그건 심각한 문제다.

그 사실이 은폐된 상황인데 그걸 밝히려고 하는 민간 조사 팀에게 '우리는 진실을 원합니다.'라고 하면서 도와줄 군부대 는 없다.

애초에 진입을 하기 위해서는 국방부에서 도와줘야 하는 데, 삼청 교육대가 운영되던 당시 사람을 죽이는 데 앞장선 곳이 바로 국방부다.

"여기서 끝인 건가."

아무리 노형진이라고 해도 국방부의 허가 없이 그곳을 들 어가는 건 불가능하다.

"흠……."

노형진은 침묵을 지켰다.

분명 국방부는 진실을 덮으려고 한다.

하지만 다른 사람이라면?

"진실은, 특히 역사적 진실은 돈과는 비교할 수가 없지요."

"무슨 말인가?"

"돈을 걸어 볼까 생각 중입니다."

"돈?"

"그렇습니다."

한 해에 1개 사단에서 제대하는 사람들의 숫자는 어마어마하다.

특히나 산속을 돌아다니면서 숙영 훈련을 해야 하는 사람들의 입장에서는 여기저기를 파야 한다.

"그런데 그게 무슨 의미가 있나? 그런다고 해서 조사하게 두지는 않을 텐데."

영장을 받는다고 해도 군에는 그걸 무시할 수 있는 힘이 있다.

"뭐, 군은 막을 수 있겠지요. 하지만 군이 아닌 자들은 그걸 막아 내지 못할 겁니다."

물론 그러기 위해서는 사람들의 증언이 필요하다.

"단 한 명. 단 한 명이라도 그곳에서 시신을 봤다면 상황은 아마 많이 달라질 겁니다."

그리고 노형진은 그 단 한 명을 위해 기꺼이 돈을 쓸 생각이 있었다.

⚖️

44사단에서 정체 모를 유골을 묻거나 발견한 적이 있는 경험을 제보해 주면 5억을 준다는 공지를 올렸지만 제보자는 없었다.

이것이 법이다

물론 가짜로 제보하는 사람은 있었다.

하지만 아무리 그들이 거짓말을 잘한다고 해도 노형진이라는 벽을 넘어갈 수는 없었다.

그들은 왜 돈을 주지 않냐며 고소하겠다고 지랄했지만 그 경우 전면전을 각오하고 인생을 걸라는 말에 찍소리도 못 하고 도망갔다.

애초에 묻은 사람들에 대해서는 기대도 하지 않았다.

그 말은 그곳에서 자기가 사람을 죽였다는 걸 자기 입으로 떠벌려 달라는 의미니까.

다만 누군가 훈련이든 무엇이든 하던 중에 유골을 발견했다면 상황이 달라질 거라 생각했다.

그렇게 3주가 지난 어느 날, 드디어 기다리던 제보자가 나타났다.

"종찬식 씨, 그러면 그곳에서 본 유골이 많았나요?"

"엄청 많았지요."

종찬식은 44단에서 1991년부터 1993년까지 군 생활을 한 사람이었다.

그러니까 그가 군 생활을 한 시기는 삼청 교육대가 끝나고 나서 10년이 훌쩍 지난 후였다.

그런데 더 웃긴 건 그가 44사단 출신이 아니라는 거다.

하지만 그는 거짓말을 한 것이 아니었다.

애초에 거짓말을 하려면 자신이 44사단이라고 했을 테지만 그가 말하려는 것은 진실이기에 그럴 필요가 없었던 것이다.

"그때는 내가 군 생활을 하러 간 건지 아니면 노가다를 뛰러 간 건지 몰랐다니까요."

군대는 1990년대에 군의 상당 부분을 현대화했다.

물론 지금의 현대화와는 많이 다른 현대화지만, 어쨌거나 그 이전에 비하면 훨씬 나은 삶을 살 수 있게 해 주었다.

당연하게도 그 과정에서 공사를 많이 해야 했는데, 국방부에서 인력이 넘치는데 외부 업체를 쓸 리가 없었다.

"군 생활 하던 그 기간 동안 진짜 온갖 더러운 짓은 다 해 봤죠. 총을 쏜 기억보다 삽질한 기억이 더 많아요."

"뭐, 대부분의 군인들은 그렇지요."

"그건 그런데 그때는 정말 심했어요."

종찬식은 고개를 끄덕였다.

"어쨌든 하루는 작업이 떨어졌는데, 화장실을 없애라는 거였습니다."

"화장실을요?"

"네."

지금이야 대부분의 군대에 좌변기로 된 깨끗한 화장실이 있지만 그 전만 해도 땅속에 구멍을 파고 그 위에 화장실을 만드는, 소위 말하는 푸세식이라고 하는 방식이 대부분이었다.

특히나 훈련장 옆에 있는 화장실은 거의 대부분이 그런 곳이었다.

개량 작업은 막사 위주로 굴러갔으니까.

"어쩌다가요?"

"그냥…… 재수 없게 그 당시에 행보관한테 찍혔거든요."

말년이라고 몸 사리려고 하다가 행보관에게 찍혀서 강제로 현장 작업에 불려 갔던 것.

"그나마 다행인 건 쓰지 않는 화장실이었다는 거죠."

이미 옆에는 개량형 화장실이 있었기에 마지막으로 쓴 지 수년이 지났고, 그 덕분에 냄새는 그다지 나지 않았다.

"어찌 되었건 그걸 긁어내야 하는데……."

딱딱하게 굳은 변을 긁어내기 위해 어마어마한 양의 물을 붓고, 변이 충분히 불었다고 생각되었을 때쯤 변을 처리하는 청소차를 불러서 그걸 흡입했다고 한다.

당연히 군에서도 그 작업을 전문적으로 하는 부대가 따로 있다.

그는 그런 부대에 속해 버렸던 것이다.

하긴 말년에 똥 치우러 다니고 싶지는 않았을 테니까.

"그런데 펌프가 막히더라고요. 이게 펌프가 막히면 행보관이 지랄을 하거든요. 처음에는 굳어 버린 똥 덩어리가 안 풀린 줄 알았죠."

그래서 펌프를 끌어내서 확인했는데, 그 안에서 뼈가 쏟아져 나왔다.

"기겁했다니까요."

지금도 떠올리면 두려운 듯 종찬식은 부르르 떨었다.

"짐승의 뼈 아니었을까요? 딱히 화장실을 잠가 두지는 않았을 것 같은데."

"제가 본 사람의 두개골만 열 개가 넘었습니다."

"흠……."

그 말에 김성식은 진지한 표정이 되었다.

노형진은 계속 질문을 던졌다.

"그러면 그 이후에는 어떻게 되었습니까?"

"당연히 장교를 불렀죠. 아주 난리가 났으니까."

뼈가 어마어마하게 나오는데 그걸 나 몰라라 할 수 있을 리가 없다.

당연히 장교들이 몰려왔고, 그들은 당장 그의 행동을 중지시켰다.

"그날은 작업을 멈췄죠. 그리고 한 사흘인가, 나흘인가 있다가 다시 불려 갔어요."

그 현장에서 화장실을 없애기 위해서는 그 안에 있는 똥을 치워야 한다.

그리고 그걸 삽으로 퍼 나를 수는 없으니 진공으로 빨아들이는, 소위 말하는 똥 펌프차는 필수였다.

"거기서 제가 강제로 일했죠."

이유는 뻔하다.

그걸 본 사람은 적어야 한다. 그러니 이미 한번 본 사람을 쓸 수밖에 없었다.

"퍼내다가 막히면 뼈를 긁어내고 다시 퍼내다가 막히면 뼈를 긁어내기를 제가 며칠을 했어요."

물을 부었다고 해도 위쪽만 풀리고 아래쪽은 여전히 뭉쳐 있기 때문에 그렇게 며칠에 걸쳐서 퍼냈고, 그곳에서 나온 뼈들은 해당 부대가 수습해서 옮겼다고 한다.

"저보고 그러더라고요 이거 국가 기밀이니까 입 닥치고 있으라고."

물론 국가 기밀 같은 건 아니다.

도리어 이건 제보해서 처리해야 할 일이다.

"그런데 그동안은 왜 말을 안 하신 거죠?"

"제가 그걸 떠든다고 해서 군에서 있었던 일이 증명되는 건 아니니까요."

그건 사실이다.

그리고 군의 특성을 생각하면 절대 그걸 인정하지도 않을 것이다.

"죽은 사람들한테는 미안하지만요."

"그때 그쪽에서는 뭐라고 하던가요?"

"뭐, 뻔하죠. 거기가 무슨 공동묘지 자리였다나? 내가 병신도 아니고."

설사 공동묘지 자리라고 해도 그렇게 뼈가 나올 리가 없다.

"역시 그런 것 같지?"

"네, 맞는 것 같네요."

과거에도 조사하면서 알아낸 부분이지만, 그 당시의 푸세식 화장실은 시신을 은닉하기에 최고의 장소였다.

분비물이 늪같이 잔뜩 쌓여 있어서 시체를 던지면 쉽게 가라앉는 데다가 빠르게 부패하기 때문에 흔적도 안 남는다.

"산속에 묻는 방법도 있지만 그곳에 던져 버리는 방법도 있겠지."

김성식은 진지하게 말했다.

"하지만 말이야, 여전히 문제가 있네. 여기 종찬식 씨의 증언이 맞다고 해도, 거기는 여전히 군대야. 우리가 들어갈 수가 없네. 더군다나 그 뼈들이 어디로 옮겨졌는지 종찬식 씨가 본 것도 아니고."

"압니다. 하지만 병사들에게는 그 나름의 관계가 있기 마련이지요."

"관계?"

"종찬식 씨, 혹시 그 당시에 투입된 병력이 어디 소속이었는지 아십니까?"

과연 장교들이 그 안에서 발견된 많은 뼈를 일일이 다 수습해서 정리하고 다른 곳으로 옮겨 매장하기 위해, 인력을 따로 고용했을까?

그럴 리가 없다. 당연히 병사들을 써먹었을 것이다.

그들 입장에서는 병사는 노예 그 이상도 그 이하도 아니니까.

"2대대 3중대 3소대였지요."

"역시."

그들은 철저하게 무시한 일반 병사들이지만 서로가 다 사정을 알고 있으니 알음알음 이야기를 하기 마련이다.

그러다 보면 소속도 이야기하게 되고 말이다.

"그런 충격적인 사건을 겪었으니 그때 같이 일했던 사람들에 대한 기억은 명확할 수밖에 없죠."

"아하!"

1개 소대의 사람들을 찾아냈다.

"그리고 그 1개 소대 인원이 통째로 똑같은 진술을 한다면, 아마 상황은 좀 달라질 겁니다. 후후후."

⚖️

노형진은 다시 한번 광고를 해서 그 당시에 복무했던 2대대 3중대 3소대 사람들을 찾기 시작했다.

군부대는 전국에서 징집하는 형태이기 때문에 사실 찾는게 쉽지 않았다.

하지만 결국 한 명을 찾아냈고, 그를 기점으로 점점 사람들을 찾을 수 있었다.

후임이 다녔던 학교나 다녔던 직장에 대해 증언하면서 그쪽 기록을 찾을 수 있었던 것이다.

그리고 그렇게 모인 서른세 명은 동일한 증언을 했다.

"맞아요. 그 당시에 화장실에서 유해가 나왔죠."

"내가 본 것만 대충 따져도 한 40구는 넘었지, 아마?"

"어마어마했지요."

"그걸 일일이 다 비닐에 다 싸서 산에 묻으라고 했잖아."

무려 서른세 명에 달하는 증인.

언론에서 이걸 집중적으로 보도하기 시작하자 사람들은 분노로 웅성거렸다.

"시신이 그렇게 많이 나왔다고?"

"말이나 돼?"

"그걸 또 은폐했다고?"

그렇잖아도 군은 국민들에게 그다지 믿음을 받는 조직이 아니다.

그런 상황에서 터진 증언은 심각하게 받아들여졌고, 그 상황에서 노형진은 슬쩍 한마디를 얹었다.

"공식적으로 44사단은 삼청 교육대를 운영하던 부대였습니다. 그곳에서의 사망자는 네 명으로 되어 있지만 아마도 그 말을 믿는 사람은 없을 겁니다. 삼청 교육대로 인해 실종된 수많은 사람들이 아직도 돌아오지 않고 있으니까요."

노형진이 정면에서 삼청 교육대를 꺼내자 국방부에서는 다급하게 전혀 관련이 없다고 주장했다.

하지만 공식 서류상 44사단이 삼청 교육대를 운영했음은 명확하고, 그 당시 지역의 실종자들과 비교해 가며 따지고 들기 시작하자 국방부도 뭐라고 할 변명이 없어졌다.

더군다나 가장 큰 문제는 그 서른세 명의 사람들이었다.

"우리가 그 시신들을 어디다 묻었는지 아직도 기억합니다."

"그걸 잊어버릴 수는 없지."

즉, 직접 군부대에 들어가면 찾을 수 있다는 말이었다.

그러자 그들이 들어가서 찾게 하자는 의견이 국민들 사이에서 들불처럼 일어났다.

국방부에서는 국가 기밀 운운하면서 막으려 했지만, 이미 그들은 그곳에서 군 생활을 한 사람들이라 지형지물을 다 알고 있는데 새삼 무슨 국가 기밀이냐는 말에 더 이상 변명도 할 수 없게 되었다.

더군다나 그들이 가고자 하는 곳은 기밀 지역도 아니고 부대 뒷산이었다.

기밀은 전혀 없는 위치인 만큼 들어가는 데 하등 문제가 없었다.

"쉽게 인정하지는 않을 텐데."

그럼에도 불구하고 버티는 국방부를 보면서 걱정하는 김성식이었다.

"국방부 입장에서는 이게 터져 나가면 전수조사가 시작될 거라는 걸 알 거야. 그리고 그렇게 되면 그 당시에 조교들이나 장교들에게 살인의 책임을 묻게 되리라는 것도 알겠지."

국방부에서 살인을 인정하지 않는 이유는 간단하다. 그걸 인정하면 목이 날아갈 장교들이 어마어마할 테니까.

민간인에 대한 학살이니, 그건 설사 명령을 받았다 해도 커버될 수 있는 수준이 아니다.

그러니 국방부는 어떻게 해서든 사건을 덮어야 했다.

그리고 그 당시의 중대장급이나 대대장급이라면 지금 승진했다면 별 달고 장군이 되어 있을 테니 장군들이 게거품 물면서 막으려고 하는 건 너무나 당연한 일이었다.

"압니다. 그래서 제가 이 사람을 끝까지 모른 척한 거죠."

노형진은 두리번거리면서 집으로 들어가는 한 남자를 물끄러미 바라보았다.

"중대장이라……."

"중대장은 장교입니다. 실질적으로 그 업무를 책임져야 하는 사람이지요."

소대장도 책임자이기는 하지만 그는 이미 그 서른세 명 중에 속해 있었다.

"그러면 군에서는 어떻게 해서든 해결책을 찾아야 합니다."

문제는 현재 군에는 그 위치를 아는 사람이 없다는 거다.

그 당시에 작업했던 병사들은 이미 이쪽에 다 붙었으니까.

물론 찾는 건 어렵지 않을 것이다.

예비군에 민방위까지 철저하게 관리하던 게 군대니까.

그러나 설사 찾는다고 해도 그가 재수 없게 군에서 접촉해

왔다고 양심선언이라도 하면 골 때리게 되는 건 군대다.

"사실 그들 입장에서는 병사들을 믿을 수가 없지요."

그렇다면 믿을 만하고 그 시신의 위치를 알 만한 사람은 누가 있을까?

"바로 중대장이지요."

소대장과 다르게 중대장급은 명령 때문에 했다는 변명으로도 벗어날 수가 없다.

당연히 중대장은 그날 그 장소에 동행했었다.

더군다나 중대장급이라면 직업군인이기 때문에 오래 그 기록이 남는다.

실제로 그 당시 중대장은 중령까지 하다가 예편을 했기에 책임을 물어야 하는 핵심 인물이었다.

"그러니 분명 그에게 시신의 위치를 찾게 해서 이장하려고 할 겁니다."

그래야 없는 사건이 된다.

그 이후에는 설혹 이쪽에서 땅을 파도 시신은 나오지 않을 테니 국방부는 헛소리라고 일축할 수가 있다.

"그러니 슬슬 우리도 움직이지요, 후후후."

⚖️

"……."

노형진은 그 당시 중대장이었던 백종영에게 고발장을 내밀었다.

백종영은 그걸 보고 부들부들 떨었다.

"사체유기죄는 징역 7년 이하의 처벌을 받지요."

"……."

"병사들이야 명령에 따라서 한 행동이라 애초에 거부할 수 없었으니 그렇다고 치고, 소대장 역시 어쩔 수 없이 명령에 따랐다고 하니 그 부분에 대해 재판부에서는 어느 정도 인정해 줄 겁니다."

노형진은 웃으며 말하고 있지만 백종영은 웃을 수가 없었다.

"하지만 당신은 아니지요. 당신은 최종 결정권자였으니까."

"나…… 난 아닙니다."

"다른 사람들의 이야기는 다르던데요?"

시신을 산에 묻을 때 거기에 따라온 사람은 중대장까지였다. 대대장은 따라오지 않았다.

"그러니 대대장이 자기는 모른다고 해도, 사실 이쪽에서는 대응책이 없어요."

증인이 될 수 있는 병사들이 본 사람은 오로지 중대장이 끝이니까.

"그 말은, 당신이 독박을 쓰고 홀로 감옥에 가야 한다는 겁니다."

잔인한 미소를 띠는 노형진.

그는 백종영의 약점을 쥐고 흔들었다.

"원래 사체유기죄로 7년까지 나오지는 않아요. 보통은 말이지요. 2년? 3년? 하지만 이 경우는 무려 40구가 넘는 유골이 나왔다는 증언이 있지요. 무려 40구란 말입니다. 과연 그 정도의 사체유기죄를 법원에서 고작 2~3년으로 끝낼까요?"

그럴 리가 없다.

그리고 상황이 그럴 상황도 아니다.

"당장 수많은 사람들이 들고일어나고 있지요."

삼청 교육대의 피해자들은 가족의 시신이라도 찾기 위해 당장 발굴해야 한다고 길길이 날뛰고 있었다.

심지어 광주민주화운동의 피해자들 역시 거기에 동참했다.

광주민주화운동 때 사라진 많은 사람들의 행방 또한 알 수가 없는 상황.

그곳에서 발견된 시신이 그때 사라진 사람들이 결코 아니리라는 증거는 없으니까.

"정부에서는 누군가에게 책임을 묻고 사건을 무마해야 합니다. 희생양이 필요하지요."

그러면 누가 희생양이 될까?

그걸 알았다는 증거가 없는 연대장이나 부대장?

아니면 현장에서 같이 묻은 중대장?

아니면 그 당시의 대대장?

"문제는 말이지요, 시신 유기를 대대장이 명령했다는 증거도 없다는 거죠."

모든 명령은 중대장을 통해 내려졌고, 대대장이 내린 명령에 대한 기록은 전혀 없다.

"물론 시기적으로는 공소시효가 지났다고 버틸 생각을 하실 수도 있지요."

분명 공소시효는 지났다.

고발한다고 해도 그를 처벌할 방법은 없다.

"하지만 말입니다, 그렇다고 해서 당신의 인생을 망칠 수 없는 건 아니죠. 당신뿐만 아니라 당신 가족도 포함해서요."

"뭐요!"

발끈하는 백종영.

그러나 노형진은 농담으로 하는 말이 아니었다.

"아니, 당신이야 상관없으려나요? 하지만 그 실종자 가족들의 분노가 당신의 가족들에게 향했을 때, 과연 가족들이 버틸 수 있을까요?"

"크윽."

가족 이야기가 나오자 백종영의 온몸이 부들부들 떨렸다.

"안 퍼질 거라 확신하세요, 요즘 같은 시대에?"

조금만 인터넷을 뒤지면 증거가 나오는 시대다.

그런 시대에 과연 숨길 수 있는 게 얼마나 될까?

노형진이 알리지 않는다고 해도 그의 신상이 새어 나가는 순간 그 가족의 신상까지 털리는 건 순식간이다.

"나…… 나한테 뭘 바라는 겁니까?"

"간단합니다. 당신이 최종 책임자가 아니었다는 걸 증명하면 됩니다."

"어떻게요? 누가 그걸 인정한단 말입니까?"

노형진은 작은 녹음기를 꺼냈다.

"아마도 군에서는 당신에게 시신의 최종 유기 위치를 알아내려고 할 겁니다."

다른 장병들의 경우는 군에 그걸 알려 줄 이유가 없다.

물론 서른세 명의 사람 말고도 투입된 인원은 있지만 군에서는 돈 한 푼 주지 않았다.

그리고 노형진은 그들에게 한 명당 2천만 원의 보상을 약속했고.

이미 방송까지 그 사실을 내보냈는데 늦게라도 그걸 알게 된 사람이 돈 한 푼 안 주는 국방부에 정보를 넘길까?

"그때 녹음하시면 됩니다."

"녹음……."

"군대는 명령에 살고 명령에 죽지요."

그리고 명령에 따라 어쩔 수 없이 한 거라고 하면 그 책임은 가벼워진다.

"명령 체계라는 게 그런 거 아닙니까? 내 책임을 남에게 떠넘기는 거. 군 생활 오래 하신 분이니 모르지는 않으실 텐데."

"크음……."

백종영은 침을 꿀꺽 삼키고는 녹음기를 받아 들었다.

"잘 생각하셨습니다, 후후후."

"백 중령, 잘 생각해 보게. 이게 터지면 자네가 책임져야 해!"

"제가 왜 책임집니까?"

백종영은 발끈하며 말했다.

"제가 그들을 죽인 것도 아니고, 그 시신들을 은닉하라고 한 건 장군님이십니다!"

"무슨 말을 그렇게 하나?"

"그 당시에 저는 고작 중대장이었습니다. 중대장이 구 화장실에서 인골이 쏟아져 나왔는데 보고도 하지 않고 멋대로 산에다가 묻어 버리는 게 가능한 일이었을 거라고 생각하십니까?"

물론 말도 안 된다.

하물며 그가 죽인 것도 아니다.

그가 죽인 거라면 죄가 드러나는 게 무서워서 그랬을 수도 있겠지만, 그는 그 당시에 그저 중대장이었을 뿐이다.

"어떤 시신인지도 모르고 어떤 사연이 있는지도 모르는데 제가 멋대로 그걸 가져다가 묻어 버렸다고요? 그게 말이나 된다고 생각하십니까? 그런데 이제 와서 저보고 책임지라고요?"

"어허! 무슨 말을 그렇게 하나? 책임지라니! 그게 아니야. 그저 그 장소를 알려 달라는 것뿐이야."

"뭘 하시려는 겁니까?"

"지금이라도 치워야지 어쩌겠나? 그곳에서 치우기만 하면 저쪽에서 뭐라고 하든 자네는 안전해."

백종영은 입술을 깨물었다.

'헛소리.'

일견 그럴듯해 보인다.

하지만 노형진은 그 부분에 대해서도 이미 설명해 줬다.

그들이 그곳에서 뼈를 옮긴다고 해도, 재수 없게 하나라도 놓치면 증언이 있는 이상 그 책임은 모두 백종영이 진다고 말이다.

실제로 사람의 뼈는 아주 작은 부분도 있다.

다급하게 그곳의 뼈를 꺼내서 옮기는 과정에서 과연 놓치는 게 단 하나도 없을지는 알 수 없는 부분이다.

더군다나 그곳에서 발굴이 시작되면 민간단체와 경찰 쪽은 작은 채망까지 동원해서 발굴할 텐데, 다급하게 옮기는 비전문가들이 하나도 흘리지 않는 건 기대하기 힘들다.

"제가 명령에 따라 한 행동이기는 합니다만, 지금은 그렇게 못 하겠습니다."

"어허! 백 중령! 같이 죽자는 거야?"

"같이 죽자는 게 아닙니다! 그 시신이 도대체 뭔지는 알아야겠습니다!"

"그러다 자네가 처벌받는다니까!"

"명령을 따른 건데 제가 왜 처벌받습니까? 이미 변호사 통해 확인한 겁니다."

"뭐? 자네 미쳤나?"

변호사라는 말에 그를 찾아온 남자는 발끈했다.

그러나 백종영은 눈 하나 깜짝 않고 도리어 남자를 의심스럽게 쳐다보았다.

"그리고 아까부터 당신은 국방부에서 왔다고 하면서 제대로 신분도 밝히지 않고 무조건 어디다 묻었는지 말하라는데, 당신이 누군지 알고 내가 그걸 말합니까?"

"아까 말했잖나! 나 국방부 소속 사람이야!"

"뭐, 도지사라도 됩니까?"

"뭐?"

그 말에 얼굴을 찌푸리는 남자.

하지만 백종영의 말이 맞다.

"군복 입고 와서 나 국방부 소속이라고 입으로만 주장하는 사람을 제가 어떻게 믿고 함부로 이야기를 합니까? 당신이 기자인지도 모르는데?"

"끄응……."

도지사입니다 사건.

몇 년 전 있었던, 모 정치인의 희대의 병크.

사실 신분을 확인할 방법도 없는데 사칭한 걸 믿고 넘어가면 그건 심각한 문제가 된다.

"더군다나 스스로 대령이라고 했으니 백 중령 사건도 모르는 바는 아닐 테고."

"큭."

백 중령 사건.

자칭 백 중령이라던 사람이 군부대에 들어가서 그 당시 신형이었던 K-2 소총을 들고 도망간 사건.

그는 자신이 백 중령이라고 소개했는데 누구도 확인하지 않는 바람에 다들 그가 진짜로 중령인 줄 알았고, 결국 총기 하나를 그대로 탈취당했다.

그 총은 끝까지 찾지 못했으며, 소문에 따르면 신형 총기를 탈취하기 위해 온 북한의 스파이라는 이야기가 많았다.

그렇지 않다면 중령 군복까지 맞춰 입고 올 방법이 없으니까.

더군다나 그 당시에 그 부대에는 실제로 백 중령이라는 사람이 있었다.

즉, 그는 그 부대의 장교의 존재를 알고 사칭한 것이다.

민간인이라면 그럴 수는 없다.

"당신이 북한에서 온 놈인지 아니면 기자인지 내가 알 게 뭡니까?"

"큭."

남자는 입술을 깨물었다.

결국 그는 자신의 신분을 드러낼 수밖에 없었다.

"하아, 알겠네. 여기 있네. 국군 기무사 오양호 대령일세."

신분증을 건네는 오양호.

그걸 받아 확인한 백종영은 고개를 끄덕거렸다.

"전 예편했으니 따로 경례는 안 하겠습니다."

"그건 바라지도 않아. 도대체 그 빌어먹을 사체들을 어디
다 묻은 건가?"

"그걸 알려 드릴 수는 없네요."

"뭐?"

"제가 필요한 건 다 구한 것 같거든요."

"그게 무슨 소리야?"

백종영은 오양호의 신분증을 흔들었다.

그걸 본 오양호의 얼굴이 사색이 되었다.

"설마?"

"당신이 온 덕분에 내가 국방부의 명령에 따라 시신을 유
기한 게 인정되었으니까."

만일 그게 아니라면 굳이 대령까지 와서 시신이 묻혀 있는
위치를 다그칠 이유가 없다.

"이런 젠장!"

다급해진 오양호는 자신의 신분증을 빼앗으려고 했지만

백종영은 뒤로 잽싸게 물러났다.

"들어오세요!"

그러자 안으로 우르르 쏟아져 들어오는 기자들.

이미 현관의 비밀번호를 알려 줬기 때문에 들어오는 건 어렵지 않았다.

"오양호 대령님? 우리는 할 말이 참 많을 것 같죠?"

기자들과 함께 들어온 노형진이 그를 보며 웃었지만 오양호는 그저 허탈한 표정을 지을 뿐이었다.

사실 지금 시점에 국방부에서 굳이 백종영에게 접근했다면 그 이유는 명확하다. 뭔가를 감추려고 한다는 것!

하지만 국방부는 쉽게 움직이지 않았다.

어디에 묻었는지는 모르지만, 그래도 군부대에 들어가는 것은 절대 허락하지 않았다.

"그렇게 나온다 이거지."

노형진은 피식 웃었다.

하긴 국방부 입장에서는 그럴 수밖에 없을 것이다.

일단 삼청 교육대를 운용하던 부대가 44사단뿐이었던 것도 아닌데 여기서 조사가 시작되면 그 모든 부대가 모조리 조사 대상이 되기 때문이다.

그렇게 되면 애써 은닉한 사망자 숫자가 드러날 수밖에 없다.

"망할 새끼들, 아주 그냥 끝까지 버티네."

사실 노형진은 이렇게까지 할 생각은 없었다.

그저 의뢰인의 가족의 시신만 찾아 주면 그만이었다.

물론 역사적인 비극을 조사하고 파고들기는 해야겠지만, 엄밀하게 말하면 그건 노형진의 책임이 아니었다.

"군이라는 게 어쩔 수 없는 조직 아닌가."

김성식도 안다는 듯 말했다.

"군이라는 조직은 은폐하고 무마하는 데 익숙하지, 뭔가를 대놓고 해결하는 조직은 못 되네."

실제로 모 부대에서 군 내부의 폭력과 비리를 없애기 위해 새로 온 장군이 새로운 방식을 쓴 적이 있다.

기존처럼 문제가 생기면 무조건 감추려고 하는 게 아니라 문제가 생길 만한 일을 미리 해결하면 인사고과에 플러스 점수를 준 것이다.

그러자 1년도 지나지 않아서 해당 부대에서는 폭행과 가혹 행위 등이 전부 사라졌다.

그러나 이렇게 확실한 해결책이 있음에도 불구하고 여전히 군대는 오로지 감추는 것에만 매달리고 있었다.

"그나저나 부대에서 아예 사람들을 동원해서 산을 다 까뭉갤 기세던데."

완전 폐쇄된 군대라지만 휴가자나 제대한 사람의 입까지 막을 수는 없었다.

44사단에서 하는 의심스러운 행동이 하나둘 외부에 드러나기 시작했다.

병력을 동원해서 시신을 찾기 시작했다는 거다.

"이놈들은 병신인가?"

김성식은 제대자와 휴가자에게서 오는 제보를 들으면서 혀를 끌끌 찼다.

"그런 것 같습니다. 도대체 뭔 생각을 하는지."

일단 걸리지만 않으면 그만이라는 군대 특유의 마인드는 이 경우에는 성립될 수가 없었다.

법적으로 몇몇 범죄들은 미수범을 처벌한다.

즉, 성공 여부와 상관없이 시도한 것 자체만으로도 처벌 대상이 된다는 거다.

그리고 사체 유기는 현행법상 미수범도 처벌하는 규정이다.

"시신이 없다면 모를까."

종찬식을 포함해서 무려 서른세 명이나 제보를 했다.

그 상황에서 사체를 은닉한다는 것 자체가 얼마나 멍청한 짓인지 그들은 모르는 것 같았다.

하긴 군인들이 모두 법을 잘 아는 것은 아니다. 그러니 상부에서 찾아내서 없애라고 하니 명령에 따라 행동할 뿐일 것이다.

"진짜 예상에서 한 치를 못 벗어나는군요."

사실 모든 것은 노형진이 예상한 부분이었다.

진실이라고 하면 일단 기겁하는 국방부가, 나서서 그 문제를 해결하려고 할 리가 없으니까.

"그러니 이제 제대로 엿을 먹여야겠네요."

그리고 그렇게 되면 국방부는 아마도 머리가 많이 아플 게 확실했다.

"미친……."

44사단. 그곳의 장병들은 피곤한 몸을 이끌고 자대로 복귀했다.

그들은 위의 명령에 따라 시신을 찾아내기 위해 온 산을 뒤지고 있었다.

그런데 어디에 얼마나 깊이 묻었는지도 모르는 상황에서 뼈를 찾는 방법은 하나뿐이었다.

미친 듯이 땅을 파는 것.

애써 그렇게 땅을 파고 돌아온 그들에게 온 것은 다름 아닌 고발장이었다.

44사단 전원에 대한, 사체 유기 미수 고발.

"중대장님, 이게 뭡니까?"

이중용 중사는 병사들에게 날아온 고발장을 들고 눈이 돌아가서 중대장실로 쳐들어갔다.

"이거 불법이었습니까?"

"아니…… 이게, 나도 잘 모르겠는데."

"중대장님이 모르신다는 게 말이 됩니까?"

"나는 위에서 시키는 대로 한 것뿐이야."

"지금 그렇게 변명할 수 있는 상황이 아니지 않습니까?"

"뭐?"

"방금 유료 법률 상담 전화로 상담했습니다. 저희가 몽땅 사체 유기로 전과자가 되게 생겼다는데 지금 중대장님이 모른다고 하시는 게 말이 됩니까?"

사체 유기는 실형이 가능한 심각한 범죄다.

애초에 사체 유기는 벌금 규정이 없다.

이게 무슨 소리냐면, 무조건 실형이 나온다는 것이다.

"난 모른다니까."

"지금 모른다고 해결될 상황이 아니지 않습니까?"

44사단 장병들이 모조리 고발당했다.

그리고 그들이 몽땅 다 전과를 달게 생겼다.

그런데 중대장이 모른다고 발뺌한다는 게 말이나 되는가?

"이건 진짜 그냥은 못 넘어갑니다."

"이 중사! 지금 그거 뭐라는 거야? 명령 불복종이라도 하겠다는 거야?"

"명령 불복종은 위법적이지 않은 명령에 대해서만 성립하는 거 모르십니까? 그리고 애들 인생이 있는데, 중대장님이 애들 인생 대신 책임져 줄 건 아니지 않습니까?"

이중용은 원래 상병까지 하고 하사관을 지원한 사람이었다.

그래서 장병들에 대해 잘 알고 대우하려고 노력하던 사람이었다.

어차피 오래 있을 생각도 없었고 말이다.

그런 상황에서 이런 일이 터지자 눈이 돌아갈 수밖에 없었다.

"저는 이 일, 애들한테 못 시킵니다."

"야! 이중용!"

"이거 그냥은 못 넘어갑니다. 중대장님 혼자서 땅 까든 말든 마음대로 하십시오!"

그는 버럭 소리를 지르고는 중대장실에서 나왔다.

그리고 답답한 마음으로 주위를 돌아보니 병사들이 모여서 걱정스러운 대화를 나누고 있었다.

"이 중사님, 중대장이 뭐랍니까?"

"중대장은 책임질 생각도 의지도 없단다."

"그러면 저희, 감옥에 가는 겁니까?"

헬쑥해지는 병사들.

군대에 끌려온 것도 억울해 죽을 판국인데, 거기서 시키는 대로 했다고 사체 유기로 처벌받아야 한다니?

더군다나 사체 유기는 아주 강력한 처벌이 따라온다.

어디 취업할 때 전과로 사체 유기가 있으면 미치지 않고서야 그를 고용할 사람은 없다.

　사체 유기라고 하면 자동으로 살인이 연상되니까.

　"저는 공무원 준비 중이란 말입니다."

　"씨발, 난 변호사 노리고 있었다고."

　병사들은 난리가 났다.

　졸지에 인생이 박살 나게 생겼는데 그냥 넘어갈 수 있겠는가?

　"너희만 그런 게 아니야."

　웃긴 일이지만 하사관들도 문제가 된다.

　사체 유기로 처벌받으면 그게 문제가 돼서 장기가 되지 못한다.

　더군다나 하사관은 지휘관급이다.

　즉, 재수 없으면 진짜 감옥에 가는 수가 있다는 거다.

　"이거 그냥은 못 넘어가겠다. 다른 사람들하고 이야기해 보고 결정되면 이야기해 주마."

　군이라는 조직상 병사들이 대응할 수 있는 방법은 없다.

　하지만 하사관이라면 다르다.

　하사관들과 하급 지휘관들은 사실 병사들과 다름없지만 일단은 지휘관 계급이다.

　즉, 일이 터지면 자기들이 독박으로 뒤집어써야 한다는 소리다.

　"당분간 중대장이 작업시켜도 절대 나가지 마."

"하지만……."

중대장의 명령에 나가지 않으면 명령 불복종이 떨어질 수밖에 없다.

"처벌이……."

다들 걱정하는 그때 행정 계원이 다급하게 그들이 있는 곳으로 왔다.

"박뱀, 김뱀. 빨리 올라오시지 말입니다."

"응? 왜?"

"뭔 일인데?"

"부모님이 면회하러 오셨습니다."

"면회?"

보통 면회는 주말을 이용해서 하는 게 보통이다.

일과가 끝났다고 하지만 여기까지 면회를 하러 오기에는 그들의 고향은 멀다.

"무슨 일이야? 별 이야기 없었는데?"

이중용은 행정 계원의 말에 고개를 갸웃하며 물었다.

"지금 위병소 난리 났지 말입니다."

"난리?"

"부모들이 족히 이백 명은 몰려왔지 말입니다."

"부모들이? 아!"

군에 간 아들을 걱정하는 건 부모들의 공통된 마음이다.

그런데 그렇게 간 아들들이 상부의 잘못된 명령으로 인해 졸지에 전과자가 될 수밖에 없는 상황이 되었는데 어떤 부모가 가만히 있겠는가?

당연히 부모들은 너도나도 부대로 몰려와서 44사단의 지휘관더러 당장 나오라면서 난동을 부리는 상황.

대대장과 중대장 입장에서는 돌아 버릴 지경일 것이다.

"결국 이렇게 되네."

이중용 중사는 입술을 깨물고는 한숨을 쉬며 말했다.

"둘 다 나가서 부모님이랑 만나 보고."

"진정시켜 보겠습니다."

"뭔 개소리야? 너 인생 꼬이고 싶어?"

"잘 못 알아들었지 말입니다."

"일 키워. 중대장이 일 못 시키게 막아야 할 거 아냐!"

자식이 징징거리면 부모는 당장이라도 국방부를 뒤집을 테고, 그러면 중대장과 대대장의 명령은 가뿐하게 씹으면 된다.

"무조건 일 키워. 너희도. 감방 가기 싫으면. 알았냐?"

병사들은 고개를 끄덕거렸고, 이중용은 핸드폰을 꺼내서 다른 하사관들에게 연락했다.

"충성. 김 원사님, 말씀드릴 게 있습니다."

⚖️

44사단의 하급 지휘관들이 모여서 회의를 시작하기까지는 오래 걸리지 않았다.

대부분의 하사관과 소위급 그리고 일부 중위급이 모여 진행된 회의는 심각하기 그지없었다.

"일단 이 상황은 명백하게 잘못된 것입니다."

하사 한 명이 진지한 표정으로 말했다.

"김 하사, 우리가 잘못한 게 아니잖아! 위에서 내려온 명령인데!"

"그건 우리의 변명일 뿐입니다."

그 하사는 원래 법을 공부하다가 온 사람이었다. 그래서 이런 경우에 대해 좀 알았다.

"법적으로 잘못된 명령에 대해 저항할 수 있는 조항이 있습니다. 명령이라고 해도, 거기에 저항하지 않는 것도 죄가 됩니다."

"뭐? 그런 게 어디 있어?"

"그게 법입니다. 더군다나 2차대전 때 전범 재판 기록을 보면 더더욱 그렇습니다."

물론 전범 재판과 형사재판이 전혀 다른 건 사실이다.

하지만 그 명령이라는 것에 대한 책임의 영역에 대한 분류가 그 당시에 확실하게 정립되었다.

"그 당시 전범 재판에서 단순 전쟁 참가자들은 풀려났습니다. 다만 그건 일반 병사들에게만 해당되는 얘기입니다."

장교들은 아니었다. 그들은 대부분 전범으로 처벌받았다.

이것이 법이다

"더군다나 이건 명백하게 잘못된 행동이라는 상식이 사회 전반에 깔려 있습니다."

즉, 명령이어서 했다, 몰랐다 같은 핑계가 고발에서 어떤 효과도 발휘하지 못한다는 것이다.

"하지만 그래도 군대인데……."

군인이다 보니 군사재판을 받게 되어 있다.

그리고 상부에서 내린 명령이니까 혹시 군사재판에서 풀어 주지 않을까 하는 생각이 그들에게는 있었다.

"그럴 수도 있지만, 아니면요?"

"응?"

"보통 사고가 생기면 우리 같은 실무 담당자들이 다 책임지지 않습니까?"

다들 입을 꾸욱 다물었다.

군대라는 곳은 그렇게 굴러가는 게 당연한 곳이고, 조금만 생활해 보면 그 정도 아는 건 어려운 일이 아니었다.

"더군다나 군형법에서 풀려난다고 해서 끝이 아닙니다."

"그게 무슨 소리야?"

"병사들이 있지 않습니까?"

군형법은 군인 생활을 할 때 적용된다.

만일 군 생활이 끝나면 자연스럽게 민간 법원으로 넘어가게 된다.

그런데 여기서 문제가 된다.

여기에 있는 사람들이야 그럴 일이 없다지만, 병장급은 사건 조사하다 보면 제대가 닥쳐온다.

당연하게도 제대하게 되면 민간 검찰로 조사가 넘어간다.

"그때는 그들이 처벌을 받을 수도 있습니다."

명령이었다고 항변한다고 해도, 위법한 명령임을 알고도 했기 때문에 위법성이 조각되지 않는다.

당연히 처벌을 면할 수가 없다.

그러나 명령인 것은 사실이다.

"만일 거기서 처벌받은 장병들이 민사로 물고 늘어지면 우리가 그걸 어떻게 감당합니까?"

"헉! 민사!"

생각해 보면 당연한 일이다.

사체유기죄로 인생 종 쳐 버린 장병들이 과연 그냥 넘어가려고 할까?

"그러면…….."

"우리가 지금이라도 명령에 적극적으로 항변해야 합니다."

"항변?"

"그렇습니다."

지금까지는 몰랐다는 말로 퉁칠 수 있었다.

하지만 이미 뉴스가 나갔고 고발이 진행된 상황이다.

그래도 지금은 뒤늦게나마, 몰랐지만 나중에 알았다는 말로 변명이 가능하다. 그렇게 변명을 함으로써 처벌을 면할 수도 있다.

"하지만 앞으로도 그 작업을 계속하면…… 모든 책임은 우리가 져야 합니다."

"큭."

그 하사의 말에 주변을 돌아보는 사람들.

"이중용 중사, 넌 어떻게 생각해?"

원사 한 명이 진지하게 물었다.

이중용은 변호사와 직접 상담한 사람이니까.

"그 변호사도 비슷한 말을 했습니다. 명령이 잘못된 걸 몰랐다고 주장할 수 있지만, 기사화된 이후에는 그럴 수 없다고 했습니다."

"그러면 우리가 할 수 있는 건 명령 불복종뿐인가?"

장기를 원하는 몇몇 사람들은 눈을 찌푸렸다.

하지만 장기근속에 관심이 없는 몇몇은 발끈했다.

"당연히 해야 하는 거 아닙니까?"

"우리가 왜 죄를 뒤집어쓰고 감옥에 가야 합니까?"

"징역 7년입니다, 징역 7년! 미쳤습니까?"

살벌하기 그지없는 회의.

하지만 답은 나와 있는 것이나 마찬가지였다.

"어쩔 수 없네. 지금부터 모든 해당 작업을 중지한다."

"최 원사님!"

일부가 크게 반발했다.

물론 최 원사라고 불린 남자도 할 말은 있었다.

"물론 이건 명령 같은 게 아니야. 자발적으로 하라는 거지."

그렇게 도리어 반발했던 사람들의 입을 다물게 했다.

그 말은 일이 잘못되었을 때 그들이 모든 책임을 지게 된다는 걸 의미하니까.

잘못된 걸 알고 멈출 수 있었음에도 불구하고 멈추지 않았고, 그 증인들이 여기 넘쳐 나니까.

"명령에 따라 계속 수색할 사람은 해. 안 말리니까."

최 원사의 말은 모두의 마음을 정하는 데 충분한 위력을 발휘했다.

역사의 진실

"44사단의 모든 작업이 멈췄다고 하더군."

"감옥에 가기는 싫은가 보군요."

"당연하지. 부모들이 지금 얼마나 열 받았을지 상상도 못할걸."

끌고 갈 때는 우리 아들, 다쳤을 때는 너네 아들이라는 말은 흔하게 퍼진 말이다.

하지만 끌고 가서는 졸지에 명령으로 전과자 만들어서 보내게 생겼으니 부모들이 빡치지 않으면 그게 이상한 거다.

하물며 1개 사단 병력이다. 1개 사단은 족히 1만 명이 넘는 숫자다.

부모만 해도 2만이고, 형제나 자매까지 나서면 몇만이 되는 사람들이다.

"그리고 그들을 집결시키는 건 어려운 일이 아니죠."

제대로 빡친 부모들은 대책 위원회를 구성하여 국방부에 거칠게 항의하고 있었고, 당연히 국회의원이 거기에 끼어들었다.

상식적으로 국방부에서 불법행위를 강제할 수는 없으니까.

"결과적으로 자네 말대로 사건 자체는 멈췄지만……."

그러나 그렇다고 해서 모든 문제가 해결된 것은 아니다.

당장 그들의 범죄 은닉만 멈춘 거지 사건이 진행된 건 아니니까.

"상관없습니다. 증언이 있으니까요."

"증언?"

"네. 44사단에서는 이미 유골이 발견되었습니다. 그 말은, 거기에서 대량의 학살이 벌어졌다는 걸 의미하지요."

사람들은 그 사건에 대해 오래된 역사의 일부라고 생각한다. 하지만 역사의 일부라고 보기에는 그다지 오래된 사건이 아니다.

노형진은 그 부분을 노릴 생각이었다.

"그분들은 아마도 그 당시에 해당 삼청 교육대에서 살해당한 분들일 가능성이 높습니다. 그러면 그들이 왜 죽었는지는 알 수 없죠."

"당연히 삼청 교육대로 인해 죽은 거 아닌가?"

"그렇지요. 하지만 정확하게 누가 죽었는지 알 수가 없다는 거죠."

"설마?"

"법조계의 가장 유명한 말 중 하나가 바로 시체가 없으면 살인도 없다는 말입니다."

반대로 말하면 시체가 있다면 살인이 존재한다는 거다.

"하지만 살인의 공소시효는 이미 지났네."

살인의 공소시효는 25년이다.

하지만 2007년 12월 이전의 공소시효는 15년이다.

애초에 이 사건이 벌어진 시기가 1980년대인 만큼 공소시효는 지나도 한참 지났다.

"알고 있습니다."

노형진은 미소를 지으며 말했다.

"하지만 말입니다, 민사는 안 지났지요."

"민사? 아!"

형법상의 공소시효는 그 사건이 있고 나서부터 측정된다.

즉, 사망자가 발생하고 15년이 지나면 공소시효가 완성된다는 소리다.

하지만 민사는 그 사실을 안 날로부터 시작된다.

그리고 가족들이 그걸 안 지 채 두 달도 안 지났다.

"그러니 민사를 넣을 수 있군."

"맞습니다."

"하지만 누가 했는지 알고?"

알 수가 없다. 그 당시에 군 생활을 한 사람들에 대한 정보가 전혀 없으니까.

"그걸 이제 알아내야지요."

"어떻게?"

"그 당시에 모든 44사단 사람들이 죄다 조교로 활동한 건 아니지 않습니까?"

수많은 사람들이 군 생활을 했다.

그중 일부가 차출되어서 조교로 삼청 교육대로 갔다.

"그들에 대한 현상금을 걸어 봐야지요."

그들은 이제 한창 사회에서 생활하는 사람들이었다.

그리고 누군가는 성공했을 테지만 누군가는 망했을 것이다.

그들이 그 당시에 조교로 차출된 사람들에 대해 증언하면 조교로 갔던 사람들은 곤란한 처지가 될 수밖에 없다.

지금까지 이런 국가적 문제에 대해 대부분은 국가를 대상으로 싸워 왔다.

하지만 엄밀하게 말하면 국가의 명령이라고 할지라도 그걸 행한 개인에게도 그런 행동은 범죄가 성립된다.

가령 광주민주화운동에서 사람을 패 죽인 사람이, 국가에서 시켰다고 해서 그의 살인죄가 사라질까?

아니다. 그렇지는 않다.

아무리 발포 명령이 떨어졌다고 해도 상대방이 적이 아닌 이상 그건 명백하게 살인이다.

다만 그걸 증명할 수 있는 방법이 없어서 입을 다물 뿐이다.

"설마?"

"아무리 남을 속인다고 해도 자기 자신까지 속일 수는 없지요."

이런 역사적 사건에 대해 사람들은 국가에 책임을 묻고 끝내려고 하지만 개인에게는 책임을 묻지 말라는 법은 아직 없다.

엄밀하게 말하면 국가는 국가대로의 책임이 있고 개인은 개인대로의 책임질 영역이 있는 법이다.

국가가 책임진다고 해서 그게 사라지는 것은 아니었다.

"거기에다 약간의 미끼를 끼워 넣는 거지요, 후후후."

⚖️

그 당시 삼청 교육대의 조교를 제보하는 사람에게 돈을 준다는 말. 그건 빠르게 인터넷으로 퍼졌다.

기본적으로 그 당시 조교들은 파견 형태로 나갈 수밖에 없었기 때문에 갑자기 그 시기에 사라진 사람들을 기억하는 이들이 한두 명이 아니었다.

특히 그런 인간들은 심각한 성격적인 문제가 생겼기 때문에 후임들의 제보가 빗발쳤다.

"그놈이 조교 맞습니다. 그 시기에 한 1년 정도 사라졌었으니까요."

제보한 사람들은 대략적으로 사라진 시기를 따져 가면서 이름을 알려 줬고, 그걸 법원을 통해 사실 조회를 하면 그만이었다.

"후임들의 제보가 어마어마하군."

"그렇게 사람을 두들겨 패고 괴롭히고 죽이던 인간들이 자대에 와서는 제대로 행동했을 리가 없으니까요."

남을 괴롭히고 남이 공포에 떠는 걸 보고 즐기며 지배하는데 익숙해진 놈들은 제정신으로 절대 못 돌아온다.

문제는 그들이 자대에 왔을 시기다.

일반적으로 새파란 이등병을 조교로 선발하지는 않을 것이다.

당연히 일병 말이나 상병급에서 선발했을 것이다.

병장급은 나가야 하니까.

당연히 삼청 교육대가 사라진 후에 자대에 돌아왔을 때 그들은 병장급이 되었을 것이다.

"그런데 그 당시 군대는 아주 개판이었다지요?"

지금도 군 내부의 소위 말하는 똥군기가 심한데 그때는 아예 후임을 짐승 취급하던 시기였다.

"당연히 거기서 남을 괴롭히던 놈들이 그 버릇을 고칠 수 있었을 리가 없지요."

어제까지 사람들을 괴롭히고 고문하고 구타하며 강간하던 놈들이 자대에 오고 나서 자기들보다 훨씬 낮은 취급을 받는 후임들과 하하 호호 하면서 즐겁게 지낼까?

그럴 리가 없다.

"그래서 자네가 제보를 받기로 한 거군."

선임들이야 모를 일이지만 후임들은 당연히 원한이 쌓여 있을 것이다.

그러니 그중 한두 명만 제보해도 그들을 추적하는 건 어려운 일이 아니다.

"그리고 거기에 약간의 떡밥을 던지는 거죠."

물론 개인의 잘못이기는 하지만 분명 그들이 국가의 명령으로 삼청 교육대에서 고문을 행한 것은 사실이다.

그걸 감안해서 자수하면 책임을 경감해 준다는 말을 포함시킨 것.

점점 그 당시 후임들의 제보는 늘어나고 그 당시 같이 조교를 한 다른 사람의 자수 역시 늘어났다.

형사적 책임은 공소시효 때문에 벗어났지만 민사적 책임은 아직 남아 있다.

"만일 먼저 자수한 사람이, A라는 사람이 거기에서 교육생을 때려죽였다는 제보를 하면 그때부터는 상황이 돌변하지요."

그 사람은 살인에 대한 모든 민사적 책임을 져야 한다.

족히 수억은 될 테고, 죽은 사람이 한두 명도 아닌 만큼 재수 없으면 수십억을 물어 줘야 할지도 모른다.

"그러면 서로가 서로를 고발하게 되겠군."

"그렇습니다."

그리고 그들의 증언에 따라 제대로 된 사망자 숫자가 나올 것이다.

당연히 국방부는 그걸 막을 수가 없다.

이건 민사의 부분이고, 이제 그들은 국가의 사람들이 아니니까.

"그리고 민사는 국방부에도 걸 수 있거든요, 후후후."

노형진의 예상대로였다.

살짝 몇몇 조교들의 살인 제보가 있었으며 그들에게 법적인 모든 책임을 묻겠다고 하자 자수자들은 폭주하기 시작했다.

"내가 안 죽였어!"

서팔두는 길길이 날뛰었다.

조금 늦게 왔더니 이야기가 이상하게 되어 있었기 때문이다.

"이미 증인이 있습니다. 서팔두 씨가 44사단의 삼청 교육대에서 총 세 명의 사람을 때려죽였다고."

"아니라니까. 아, 미치겠네. 나 사람 죽인 적 없다고!"

"하지만 증인만 세 명입니다."

"증인? 뭔 증인? 아, 알겠다. 진수랑 철수, 영광이 이 세 명 맞지?"

"어떻게 아셨습니까?"

노형진의 말에 서팔두는 눈이 시뻘게져서 소리쳤다.

"그 새끼들이 범인이니까!"

"네?"

"그 새끼들이 범인이라고! 내가 그 새끼들 때문에 얼마나 고통받았는데! 그 새끼들이 나를 얼마나 괴롭혔는지 알아?"

서팔두는 말하면서 부들부들 떨었다.

"그 세 명은 대구 놈들이고 난 광주 사람이라고! 그 당시에 광주 출신이라고 하면 얼마나 개놈 취급당했는데!"

'개놈 맞구만.'

지역의 문제가 아니라, 거기서 멀쩡하게 사람을 고문하고 나왔다는 것 자체가 바로 스스로 개놈이라고 인정하는 것이다.

"그래요?"

물론 노형진은 이미 알고 있었다.

진짜 범인? 사실 노형진이 기억을 읽으면 찾는 건 어렵지 않다.

하지만 노형진이 원하는 건 그게 아니었다.

"그러면 고발하시죠."

"뭐?"

"이건 수십억대 돈이 걸려 있는 사건입니다. 만일 살인하신 게 인정되면 혼자서 수십억을 물어내셔야 합니다."

"아니, 뭔 소리야! 난 사람 죽인 적 없다니까!"

"하지만 증인이 세 명이나 있다는 게 문제입니다."

그리고 재판에 들어가면 증인이 있는 쪽이 유리한 것은 당연한 일이다.

"그런 만큼 재판하게 되면 지실 겁니다."

"아니, 그러면 나보고 어쩌라고?"

"고소하셔야지요, 허위 사실 유포로."

둘 중 하나는 거짓말을 하고 있다.

그것도 인생을 걸고 말이다.

그리고 그걸 조사해서 결국 누가 죽였는지 찾아내야 하는 게 경찰의 책임이다.

이건 살인과 관련된 문제인 만큼, 경찰도 좋은 게 좋은 거라고 덮고 넘어갈 수 없다.

"어떻게, 고소하시겠습니까?"

노형진은 의사를 물었지만, 사실 그가 고소를 하지 않는다면 살인에 관련된 모든 증거가 그에게 쏠릴 수밖에 없는 상황.

"당연히 해야지!"

노형진은 씩 하고 웃었다.

소송은 점입가경으로 흘러가기 시작했다.

서로가 서로를 무차별적으로 고소해 댔다.

그리고 고소가 진행됨에 따라 누가 시켰느냐는 말이 나올 수밖에 없었다.

당연히 그들은 그 당시의 장교에 대해 떠들어 댔다.

자기들이 책임지기는 싫었으니까.

그리고 그 당시 장교들은 대부분 예편을 한 상황이었고, 그들 역시 그 건에 대해 상급자들을 물고 늘어졌다.

수십 년 동안 삼청 교육대의 실질적 책임자가 누군지 드러나지 않았지만 그렇게 서로 내부에서 고발과 고소 그리고 양심선언을 하기 시작하자, 국방부는 걷잡을 수 없이 붕괴되어 갔다.

그리고 마지막으로 모든 책임이 국방부에 있다는 최종 결론이 나왔을 때 노형진은 국방부에 바로 핵폭탄을 날렸다.

"가압류?"

"삼청 교육대에서 발생한 팔백일흔 명의 사망자와, 그곳에서 장애를 얻은 사천이백 명의 사람들의 피해에 대한 손해배상 청구입니다."

다른 곳도 아니고 국방부에 대한 가압류.

초유의 사태였다.

물론 노형진도 바보가 아니기 때문에 무기나 군사기밀 문제가 있는 것에 대해 압류를 걸지는 않았다.

　　하지만 그런 부분은 빼도 압류를 걸 만한 대상은 충분했다.

　　바로 장군님용 골프장이었다.

　　말로는 장병들의 체력 증진을 위해서라고 하지만 국방부는 수천억을 들여서 소수의 장군들을 위한 골프장을 운영했다.

　　당연히 골프장에서 체력 증진 효과는 전혀 없다.

　　카트를 타고 다니면서 느긋하게 치는 골프인데 나이 육십 처먹은 장군들에게 체력 증진 효과가 얼마나 있겠는가?

　　"당신들…… 정말……."

　　"왜요? 뭐가 문제 있습니까?"

　　민사적 부분에서는 국방부라고 해도 별 힘이 없다.

　　군형법은 있지만 군 민법이라는 건 존재할 수가 없으니까.

　　"관련 증언만 1만 4천 건이 넘고 증인은 3천 명이 넘습니다. 또 얼마나 감춰 보려고요? 아니면 저도 죽이시려고요?"

　　"……."

　　책임자는 아무런 말도 하지 못했다.

　　사실 처음에 그들이 시신을 발굴하게 했으면 끝날 일이었다.

　　하지만 노형진은 자신의 돈을 들여 가면서 그들을 털어 냈고, 이제는 그로 인해 수십 명의 장군들이 망하게 생겼다.

　　물론 국가 단위에서의 배상금은 이루 말할 수가 없다.

　　그 당시에 삼청 교육대를 만든 건 삼청각이라고 부르는 독재 집단이었지만 그걸 실행한 건 국방부니까.

"애초에 시신이라도 돌려줬으면 이런 문제는 없었을 거 아닙니까?"

"……."

"뭐 이제는 늦었고, 감옥에서 봅시다."

노형진은 국방부의 책임자에게 한마디 하면서 나가다가 뭔가 생각난 듯 고개를 돌렸다.

"아, 맞다."

"또 뭔가?"

"거기서 골프를 치실 수 있는 시간이 얼마 남지 않은 것 같으니까 열심히 치세요. 뭐, 거기뿐만 아니라 대부분의 골프장은 가기 힘드실 겁니다. 영혼까지 털리실 테니까요. 장군님, 나이스샷~!"

노형진의 마지막 말에 그는 똥 씹은 얼굴을 할 수밖에 없었다.

⚖

일이 이쯤 되자 결국 국방부는 실사 팀의 현장 방문을 허락할 수밖에 없었다.

유가족들 중에서 남자들은 너도나도 삽을 들고 현장으로 향했고, 일부 학교의 고고학과 쪽에서도 유골 발굴에 참가하겠다면서 학생들을 보내왔다.

"다른 부대에도 사람들이 도착했겠네."

김성식은 시계를 확인하고는 말했다.

이번 사건으로 인해 책임을 면하고자 자수한 사람들은 한두 명이 아니었는데, 그들은 44사단 말고도 삼청 교육대를 운영하던 다른 부대에 속해 있기도 했다.

당연하게도 그들 중 일부는 사망자가 발생한 경우 어디에 묻었는지 확실하게 알고 있었고, 그들과 함께 유가족들과 피해자들 그리고 자원봉사자들은 그곳을 파기 위해 각 부대로 향했다.

"미친놈들."

44사단의 병사들을 총동원해서 삽질을 하며 온 산을 뒤졌는데도 시체를 찾지 못한 이유가 있었다.

발각되는 것을 두려워했던 그 당시 장교들이 최소 2미터 이상 파라고 했던 것이다.

정해진 위치를 2미터 파는 건 어렵지 않지만 어딘지도 모르는 상황에서 땅을 파서 찾는 건 쉬운 게 아니었고, 당연하게도 병사들은 기껏해야 1미터 정도 땅을 파고는 유골이 없다며 다른 곳으로 이동한 탓에 발견되지 않았던 것.

"여기 있다!"

한참을 파고들던 한 남자가 크게 소리를 질렀다.

그러자 고고학과 출신의 학생 한 명이 안으로 들어가서 조심스럽게 정리했다.

그리고 조금씩 드러나는 유골들.

"하아, 진짜."

예상은 했지만 대충 마대에 잔뜩 넣어서 묻어 버린 유골들이 잔뜩 뒤섞여 있었다.

"크흑……."

"형님……."

"오빠……."

유가족들 중 일부는 그걸 보고 주저앉았고, 다른 이들은 분노를 풀기 위해 몸을 돌려서 미친 듯이 욕을 해 댔다.

"조심해서 꺼내 주십시오."

노형진은 땅속에 있는 유골들을 보면서 착잡한 얼굴로 말했다.

이제는 형태조차도 제대로 남지 못한 사람들의 유골.

삼청 교육대에서 고문을 받다가 사라진 사람들의 마지막 모습이었다.

"시대의 희생자들이로군."

김성식도 그렇게 조심스럽게 발굴되는 유골들을 보면서 착잡한 표정을 감추지 못했고, 노형진 역시 한숨으로 답했다.

"다시는 벌어지지 않아야 하는 일이지요."

물론 그런 일이 벌어지지 않게 하기 위해 그 범죄자들에 대한 강력한 처벌이 이루어져야 할 거라는 건 말하지 않았다.

너무나 당연한 말이니까.

"감사합니다."

박덕화는 동생인 박덕우를 찾았다.

그 산속에서 나온 유골 중에서, 유전자 검사를 통해 결국 찾아낸 것이다.

그리고 그의 죽음에 대한 진실도 알았다.

고작 중학생이었던 박덕우.

더군다나 가난한 집 아이였던 그는 체력이 부족해서 조교들이 강제로 시키는 체력 훈련을 제대로 따라갈 수가 없었는데, 그 때문에 제대로 하지 못한다는 이유로 조교들에게 구타당하다가 머리를 잘못 맞아서 뇌진탕으로 사망했던 것.

"덕분에…… 동생을 찾았습니다. 동생뿐만 아니라…… 많은 사람들이 돌아왔습니다."

"아닙니다. 언젠가는 돌아와야 할 분들이었습니다."

그저 국가라는 집단이 감추고 돌려보내지 않았을 뿐.

"지금 피해자들이 모여서 특별법을 요구하고 있습니다만."

"글쎄요……."

쉽지는 않을 것이다.

국군에 의한 민간인 학살 사건이다.

이것이 법이다

만일 그걸 인정하게 되면 결국 기존의 법과 다르게 과거의 사건을 처벌하는 규정이 들어가야 하는데, 그렇게 되면 광주민주화운동이나 제주도 학살 사건 같은 데 참가한 사람들도 처벌받게 된다.

　그 숫자가 수만 명이니 정부 입장에서는 부담스러울 수밖에 없다.

　"그저 잘되기를 바랄 뿐입니다."

　노형진은 씁쓸하게 말했다.

　"이 은혜는 절대 잊지 않겠습니다."

　박덕화는 박덕우의 사진을 만지작거리며 마지막 인사를 건네고 떠나갔다.

　뒤에 남은 노형진에게 김성식은 진지한 표정으로 물었다.

　"이런 일이 다시는 벌어지지 않게 할 수 있을까?"

　"글쎄요."

　노형진은 한참을 침묵을 지키다가 말했다.

　"그건…… 조만간 알게 되겠지요. 조만간."

　그리고 그때, 노형진은 실수할 생각이 전혀 없었다.

주홍 글씨

"딱 주홍 글씨네요."

너새니얼 호손의 작품 《주홍 글씨》에서 미국 청교도들은 간통한 사람의 가슴에 간통을 뜻하는 단어의 첫 글자인 A를 새기게 했다. 이로서 평생 지울 수 없는 죄업을 뜻하는 의미의 말로 쓰이게 되었다.

"하지만 이 경우는 상당히 억울한 주홍 글씨고요."

"그래서 제가 여기까지 온 겁니다."

노형진에게 의뢰를 하러 온 남자 박중식은 눈을 질끈 감았다.

"억울해 미치겠습니다."

"사회적인 주홍 글씨는 지우는 게 절대로 쉬운 일이 아니죠."

주홍 글씨는 비인도적 처벌로 취급받아서 지금은 사라졌다.

그러면 완전히 사라졌을까?

아니다. 여전히 주홍 글씨는 사라지지 않고 다른 형태로 남아 있다.

"저는 진짜 아무 행동도 하지 않았습니다."

"알고 있습니다. 이미 사건에서도 무죄가 나왔고요."

노형진은 사건 기록을 휙휙 넘기며 말했다.

"수사 내용에서도 별다를 건 없고."

박중식은 모 중견 기업의 부사장으로 예정되어 있었다.

정확하게는 다른 이사와 경쟁 중이었다.

하지만 라이벌이었던 고성각보다 좀 더 유리한 상황.

차기 부사장이 될 가능성이 높은 상황에서 갑자기 비서와의 성추행 추문이 터졌다.

박중식이 자신의 이사실에서 비서인 차양미를 성추행했다는 거다.

"저는 진짜 그런 놈 아닙니다."

"알고 있습니다. 걱정하지 마세요."

하지만 성추행은 없었다.

애초에 노형진이 기억을 읽어서 확인한 사실이니 거짓말은 아니다.

도리어 박중식은 소위 말하는 '펜스룰', 즉 여성과 오해받을 상황을 만들지 않는 타입의 남자였다.

"아무래도 고성각 쪽에서 수를 쓴 것 같다는 거지요?"

성 추문이 터지자 회사 내부의 여성운동가들이 들고일어났고, 그는 사회적으로 매장당했다.

당연히 부사장도 되지 못했다.

그것만 해도 억울해 죽겠는데, 회사 내부에서 반발이 심해져 그는 지금의 자리를 유지하기도 힘들 지경이었다.

"진짜 억울하다고요!"

그는 아니라고 항변했고, 다행히 경찰의 수사 결과 그의 성추행 문제는 무죄가 나왔다.

"문제는 그 무고 부분에 대해서도 무죄가 나왔다는 건데."

사실 한국에서 무고죄를 인정하는 비율은 심하게 낮다.

그나마 인정된다 해도 처벌이 약하다.

특히 여자가 고소자인 경우 대한민국의 사법부는 무고죄를 인정하지 않으려고 하는 경향이 강하다.

"저는 진짜 아무런 행동도 하지 않았는데…….."

일단 무죄는 나왔다.

그러나 그의 고통은 끝나지 않았다.

"주홍 글씨가 문제란 말이지요."

주홍 글씨, 즉 박중식은 성추행범이라는 이미지가 만들어졌고, 거기서 벗어날 수 있는 방법이 없다는 것이다.

"흠…….."

노형진은 머리를 긁적거렸다.

"이게 문제이기는 하지요."

대한민국의 사법 시스템에 대한 믿음이 붕괴된 것은 사실 오래된 일이다.

그렇다 보니 여러 가지 부작용이 심하다.

"이것도 그런 부작용의 하나고요."

처벌할 놈은 제대로 처벌하지 않고 처벌하지 않아야 하는 사람은 누명을 씌워서 처벌하다 보니, 무죄를 받아도 사람들이 이를 제대로 받아들여 주지 않는 것이다.

더군다나 이사라는 직책은 외부적으로 봤을 때는 상당한 권력을 가진 사람으로 인식된다.

그렇다 보니 권력으로 사건을 무마했다는 의심을 사기에 딱 좋다.

'하지만 박중식 정도의 힘이면 사건 무마는 개뿔, 전관도 쓰기 힘들 텐데.'

박중식이 이사로 돈을 많이 받는 건 맞다.

그러나 그건 일반 직장인 기준이며, 박중식은 백이 아니라 말 그대로 능력으로 이사가 된 타입이다.

즉, 권력으로 사건을 무마할 힘이 없다는 소리다.

기업에서 미쳤다고 보호도 못 받는 이사의 성범죄를 은닉하겠는가?

"지금처럼 지속적으로 결국 문제가 발생하는 건데."

무죄가 나와서 회사에서 잘리지는 않았지만, 회사 내부의 여성 단체는 지속적으로 박중식의 해직을 요구하고 있다.

더군다나 박중식이 무고 고소를 한 것도 무죄가 나오는 바람에 차양미는 잘리지 않았다.

"보직이 바뀌기는 했지만……."

여전히 그녀는 박중식이 성추행을 했다고 주장하고 있으며, 그로 인해 회사 내부에서는 어떻게 해서든 박중식을 쳐내야 한다는 이미지가 만들어지고 있었다.

"그런데 그 고성각이라는 놈이 의심스럽다는 이유는 뭡니까?"

"직원 중 한 명이 고성각의 차가 호텔에서 나오는 걸 봤답니다."

"네? 고작 그걸 가지고요?"

사실 이사쯤 되면, 사회적으로 부도덕한 일이라고 해도 바람피우는 인간들이 없는 건 아니다.

"거기서 차양미도 함께 본 건가요?"

"아니요. 그건 아닙니다만…… 차양미의 차도 함께 봤다고 하더군요."

"네?"

"사실은 그 직원이 경비원입니다."

고성각은 이사이기 때문에 당연히 차량의 번호를 알아야 한다. 그리고 사건이 하도 시끄러웠던 탓에 경비원은 자연스럽게 차양미의 차량 번호도 외우게 되었다.

"그런데 월급이 적다 보니 야간에 대리운전을 하는 모양입니다.”

“아, 그런 경우 요즘 많지요.”

특히나 경비원 같은 경우는 따로 잔업이 있는 일이 드물기 때문에 야간에 그렇게 대리운전을 해도 된다.

다른 직업들과 다르게 맞교대로 정해진 곳만 지키면 되니까.

“그런데 고성각이 나온 호텔에서 한 10분쯤 있다가 차양미의 차가 나왔다고 하더군요.”

유흥가에서는 대리 수요가 많기 때문에 보통 대리 기사들은 그런 곳에서 대기하곤 한다.

그런데 그 앞에 하필이면 호텔이 있었던 모양이다.

“우연치고는 웃긴 것 같고.”

대충 상황은 이해가 간다.

한 기업의 부사장은 차기 사장을 노려볼 수 있는 자리다.

그만큼 욕심이 날 수도 있고 온갖 협잡질이 들어갈 수도 있다.

“그럼 차양미 씨는…… 뭐, 비서를 시켰다는 점에서 외모는 상당히 뛰어날 테고.”

박중식이 펜스룰을 지지하는 사람임을 떠나서 비서의 발령은 인사 팀에서 하는 일이다.

그리고 인사 팀에서 비서를 발령할 때 중요한 것 중 하나가 바로 외모다.

“그런데 왜 그걸 상부에 보고하지 못하는 건가요?”

누가 봐도 불륜이고, 차양미가 박중식의 라이벌이었던 고성각과 같은 호텔에서 나왔다는 건 사건의 조작을 충분히 의심할 만한 상황이다.

그런데 왜 보고를 하지 않았을까?

"그게…… 경비는 외주라……."

"외주? 아……."

외주로 경비하는 경우에 이사가 마음에 안 든다 하면 그냥 끝장이다. 바로 잘리는 거다.

그런 만큼 경비원들은 웬만한 건 못 본 척하면서 넘어가는 게 보통이다.

"그나마 박중식 씨에게 말한 것도 어마어마하게 용기를 낸 것 같은데……."

만일 고성각이 하청 업체에 한마디라도 하면 그는 바로 해직이니까.

"그래서 미치겠습니다."

자신이 어떻게 당한 건지 알 것 같은데 거기서 벗어날 방법이 없다는 게 문제다.

"회사 내에 여성 비율이 높은가 보네요."

"높습니다. 조립 공정은 여성들이 더 꼼꼼하게 하는 편이라……."

"사장은 상당히 합리적인 분일 테고요."

"그걸 어떻게?"

"무죄가 났다고 하지만 그런 여성 단체의 공격에도 박중식 씨를 자르지 않고 있으니까요."

만일 조금이라도 심지가 약한 사람이었다면 바로 잘랐을 것이다.

어차피 이사는 직원으로 인정받는 것도 아니기에 법적인 보호도 못 받는다.

"그렇다고 아주 극단적인 지배자 타입이었다면 여성 단체가 이렇게 들고일어나지도 못합니다."

극단적으로 이기적인 사장이라면, 여성 단체? 노조도 제대로 활동하지 못하게 하는 게 현실이다.

그 상황에서 여성 직원이 많다는 이유로 여성 단체를 인정한다? 애석하게도 그런 사장은 많지 않다.

"상당히 합리적인 타입의 사장이기는 하지만 그렇다고 해서 박중식 씨 사건을 해결해 주지는 않을 것 같고."

"맞습니다! 그래서 제가 미치겠어요!"

하지 말라고 몇 번이나 말했지만 효과는 전혀 없었고, 여성 단체의 간부들은 우리가 왜 성추행범의 말을 들어야 하느냐며 공격적으로 나왔다고 한다.

"제대로 주홍 글씨가 박혔네요."

이미 성추행범이라는 이미지가 박혔지만 그걸 해결하는 게 불가능하다.

실제로 이런 경우는 많다.

지금이야 성추행이지, 폭행이나 절도 등도 이러한 문제는 심각하다.

　가령 폭행에 저항하지 않고 그냥 두들겨 맞았는데도 경찰은 가해자의 한마디에 무조건 쌍방으로 처리하며, 가해자가 사회적으로 유리한 위치에 있는 경우 피해자는 도리어 저항도 못 하고 당하는 수밖에 없다.

　"일단 불륜 문제는 이번 사건과 관련해서는 상관이 없습니다."

　"네? 그게 무슨 말입니까! 고성각과 차양미가 짠 건데요!"

　"증명할 방법이 있나요?"

　"네?"

　"상황은 뻔하지요."

　짠 것이든 안 짠 것이든, 일단 이 문제가 터진 순간 고성각은 여성 인권 운운하며 차양미를 보호하겠다고 덤볐을 것이다.

　그래야 박중식을 낙마시킬 수 있으니까.

　"그 와중에 눈이 맞았다고 하면? 그건 어떻게 증명하실 겁니까?"

　"큭."

　"그들이 사건을 벌이기 전부터 알고 지내던 사이라는 명확한 증거가 없다면, 현실적으로 이번 사건에서 그들의 불륜은 아무런 효과도 발휘하지 못합니다."

　"끄으응."

　"이런 상황을, 의심은 가지만 증거는 없다고 하지요."

"그러면 저는 이대로 당할 수밖에 없단 말입니까? 부사장이 못 된 건 이해합니다. 하지만 이대로 직장을 잃어버릴 수는 없습니다!"

박중식은 억울한 듯 외쳤다.

"제 애들은 이제 대학생입니다! 돈이 미친 듯이 들어간단 말입니다! 나는 아무 짓도 안 했는데 왜 그런 누명 때문에 직장을 잃어야 한단 말입니까?"

"워워, 진정하세요. 제가 말씀드린 건 해결책이 없다는 게 아닙니다. 다만 당장 고성각과 차양미의 관계를 가지고 흔들 수는 없다는 거죠."

아마도 박중식은 그걸 이용하여 사건을 뒤집기를 바랐을 것이다.

하지만 그렇게 하면 고성각이 이혼당하게 하거나 할 수는 있을지언정 박중식의 자리를 보전할 수는 없다.

"그렇다고 해서 그냥 재판으로 넘어갈 수도 없고요."

자기들끼리 떠드는 이야기다.

애초에 할 말을 못 하게 하는 데에는 한계가 있다.

"그러면 어쩌란 말입니까?"

"이건 재판보다는…… 음……."

노형진은 고개를 끄덕거렸다.

"사장님에게 도움을 요청하는 게 맞겠네요."

"사장님께요?"

"네."

"하지만 사장님은 중립을 지키고 계십니다."

"엄밀하게 말하면 중립은 아니죠."

"네?"

"이건 중립이 아니라 방치라고 봐야 합니다."

중립은 모른 척하는 게 아니라 양쪽이 공정하게 뭔가 할 수 있게 하는 것이다.

그런데 지금 박중식이 일방적으로 공격받는 상황임에도 사장은 그걸 막기 위한 아무런 행동도 하지 않고 있다.

"그러니 사장에게 그걸 확인시키고 어떻게 해서든 문제의 상황을 바꿔야지요."

⚖️

"알고 있습니다만."

사장인 조인기는 깍지를 끼고는 진지하게 말했다.

노형진의 예상대로 그는 상당히 중립적인 사람이었다.

'하지만 달리 말하면 회색분자이기도 하지.'

사람들은 중립이 마냥 좋다고 생각하지만 사실 그건 아니다.

중립이라는 것은 어느 쪽도 편들어 주지 않는다는 것인데, 그 말은 본인은 구설수에 휘말리기 싫어한다는 소리이기도 하다.

가령 나치가 유태인을 학살하거나 구 일본 제국이 한국인을 학살한 것에 대해서도 중립은 그럴 만한 가능성이 있다는 평계로 절대 움직이지 않는다.

그리고 나중에 한쪽이 힘이 빠지면 그쪽에 대해 비난을 가한다.

'그래서 내가 자칭 중립주의자를 싫어하고.'

조인기는 그걸 아는지 모르는지 진지한 표정으로 노형진을 설득하려고 했다.

"이번 사건은 일방의 편을 들어 줄 수가 없습니다. 아시겠지만 무죄가 나왔다고 해서 100% 무죄를 확신할 수는 없으니까요."

"그러면 유죄가 나와도 유죄가 아니라는 겁니까?"

"그게 아닙니다. 저는 재판부에서 어떤 판단을 했는지 알 수 없으니 사건에 끼어들 수 없다는 겁니다."

"그러면 최소한 일부 여성 집단에서 하는 해직 요구는 막아 주셔야 하는 거 아닌가요?"

"아무래도 그것 또한 불가능할 것 같습니다. 아시겠지만 그들의 요구는 현 상황에서는 타당하니까요."

"제 의뢰인은 이미 경찰과 검찰의 조사에서 무죄가 인정되었습니다."

"그건 검찰과 경찰의 결정이고요."

'아, 이런 씨발 새끼들, 진짜. 난 이런 인간들이 진짜 싫어.'

실제로 이런 인간들은 많다.

어떤 경우가 있었느냐면, 학생이 욱하는 마음에 선생님을 성추행으로 고소한 경우가 있었다.

하지만 나중에 절대 그런 일이 없었다고 죄송하다고 사죄했고 심지어 경찰과 검찰에서도 혐의 없음으로 사건 종결 처리했는데도 교육부에서는 법적으로 무죄이지만 자기들이 봤을 때는 유죄라고 징계를 내렸고, 결국 선생님은 자살했다.

'딱 그 짝이잖아.'

자기들은 중립적이라고 하지만 사실 자세히 보면 철저하게 기회주의적이며 권력적이다.

그들은 법이나 사태의 진실보다는 자신들의 권력을 휘두를 기회만 노리고 있었고, 그렇게 자신의 권력을 자랑하기 위해서 한 사람의 목숨을 앗아 간 것이다.

"저희가 원하는 건 그냥 그런 오해가 생길 만한 발언이 더는 나오지 않도록 직원들에게 공지해 달라는 정도입니다."

"그건 성차별적 발언입니다."

"하지만 박중식 씨가 저질렀다는 죄에 대해 박중식 씨는 무죄가 나왔습니다만?"

"그건 법적인 부분이고, 사회적인 부분에서는 모를 일이지요."

"이건 명백한 잘못된 주홍 글씨이자 누명입니다."

"아니 땐 굴뚝에 연기가 나겠습니까?"

"흠……."

노형진은 머리를 긁적거렸다.

'그러니까 절대 여자 쪽을 적으로 돌리고 싶지는 않다 이 거네.'

뭐, 예상했던 일이다.

만일 박중식의 말대로 그가 중립적이고 합리적인 사람이었다면 애초에 이런 문제가 커지기 전에 차단했을 것이다.

'박중식은 일단 자기를 자르지 않으니까 중립적이라고 생각하는 모양인데…….'

하지만 노형진이 봤을 때는 중립적이라기보다는 이기적인 거다.

그가 박중식을 자르지 못하는 것은 무죄판결 때문이다.

무죄를 받은 직원을 자르면 그 처분에 대해 다른 남자 직원들에게서 적대감이 생길 수 있으니까.

'뭐, 그렇게 나온다고 하면…….'

노형진은 어깨를 으쓱했다.

"알겠습니다. 그럼 저희가 하는 것에 대해서도 방해만 안해 주시면 됩니다."

"방해요? 무슨 방해요?"

"저희는 팩트 폭력을 한번 행사해 볼까 하거든요."

"팩트 폭력?"

"그렇습니다."

노형진은 빙긋 웃었다.

"원래 이런 개싸움은 사람들 앞에서 해야 하는 법 아니겠습니까?"

노형진이 이 문제를 해결하기 위해 선택한 것은 바로 팩트 폭력이었다.

물론 '팩트' 폭력이니 진짜로 두들겨 패는 것은 아니다.

노형진은 대놓고 여성 단체에 도발을 시전했다.

"여성과 남성의 가장 큰 차이점은 감성과 이성이라고 볼 수 있지요."

남자는 뭔가를 공격할 때 이성을 기반으로 하는 경향이 강하다.

가령 이런 사건의 경우에는 과거의 피해 사례와 피해자의 사례를 두고 공격한다.

쉽게 표현하자면 성범죄자는 계속 범죄를 저지르니 다른 피해자를 찾는 것이다.

"그에 반해 여성의 공격 방식은 감성에 치중합니다."

너의 딸이나 아내가 성추행당하면 좋겠느냐는 식의 공격이라고 보면 된다.

"물론 감성이 나쁜 건 아니죠. 하지만 감성적 공격의 가장 큰 약점은 바로 팩트죠."

감정에 호소는 하는데, 왜 그게 문제가 되는지 그 기반이
없다.

"그래서 이런 싸움을 거신 거라고요?"

"네."

노형진은 회사의 대자보에 박중식의 성추행 건 관련 토론
을 요구했다.

만일 여기서 도망가거나 패한 이후에도 지속적으로 그런
말을 꺼낸다면 그에 상응하는 처벌을 하겠노라고 말이다.

"쉽게 말해서, 깔 거 까고 이야기하자는 거죠."

"이해가 안 가는데요."

"이게 어떻게 보면 문제인데, 대부분의 경우 추문에 휩싸
이면 그걸 감추려고 하는 성향이 있습니다."

문제는 감추려고만 하다 보니 소문이 나도 막을 방법이 없
다는 거다.

"차라리 대놓고 말해서 더 이상 말이 안 나오게 하는 게
더 나은 선택입니다."

그래서 대자보를 통해 나오라고 한 것이다.

"만일 거기서 그들의 모든 논리가 공격당하고 나면 더 이상
말도 못 꺼내겠지요. 또한 이 건에 대해 다시 말을 꺼내면 그때
부터는 허위 사실 유포로 인한 명예훼손으로 갈 수 있고요."

"하지만…… 그러면……."

이것이 법이다

박중식이 떨떠름한 표정을 짓자 노형진은 한숨을 쉬며 그에게 말했다.

"박 이사님."

"네?"

"적을 만들기 싫은 건 압니다. 하지만 이미 저들은 적입니다. 같이 못 가요? 왜 이런 말이 자꾸 나오는지 아십니까? 보복을 못 하니까 그런 겁니다. 이런 말씀 드리긴 그렇지만, 인간은 상대방이 보복을 못 할 거라고 생각할 때 공격합니다."

"으음……."

"대기업 회장이나 이사는 성 추문이 없을 것 같습니까?"

없을 리가 없다.

대기업의 이사쯤 되면 성추행은 옵션으로 깔고 다니는 놈 천지다.

"그런데 왜 그 사람들은 고소를 안 당할까요?"

"그건……."

"보복을 쎄게 하거든요. 진짜 성추행이 있었다고 해도, 고소하면 보복으로 아예 자살까지 몰고 갑니다. 그러니까 고소를 안 하는 겁니다."

"……."

"물론 성추행이 있었다면 당연히 처벌받아야지요. 하지만 성추행이나 무고나, 결국 상대방의 인생을 파탄 내는 건 똑같습니다."

현실적으로 말하면 둘 다 강하게 처벌받아야 하는 게 정상이다.

　"그런데 무고는 무난하게 넘어가고 성추행만 물어뜯어서 죽으라고 하는 건 문제가 다르지요."

　"으음……."

　"저쪽에서 죽이려고 덤비면 이쪽도 죽이려고 덤빈다, 이게 법의 기본 원칙입니다. 내가 양보하고 말지? 그건 날 죽여 달라고 애원하는 꼴이나 마찬가지입니다."

　법은 비정하다. 승자가 있고 패자가 있다.

　특히 이런 문제는 승자와 패자의 인생이 전부 달린 사건이다.

　"그런데 왜 눈치 봅니까, 저쪽은 전혀 안 보는데? 당당해지십시오. 진짜 성추행한 것도 아니고, 권력 놀음에 죄를 뒤집어쓴 거잖습니까?"

　"그건 그런데……."

　"그리고 말입니다, 이건 상대방을 공격하는 상황이 아닙니다. 대놓고 이야기하면서 자신의 무죄를 증명하는 사건이지요."

　"……."

　"자신의 방어조차도 못 하게 하면서 죄를 인정하라고 하면 그건 법이 아니라 협박입니다."

　"큭……."

박중식은 입술을 깨물었다.

맞는 말이다.

그는 이미 무죄판결을 받았다.

잘못한 것도 없다.

심지어 성추행을 당했다는 그날, 차양미와는 같이 있지도 않았다고 이야기했다.

하지만 상대방은 거짓말이라며 믿어 주지 않는다.

무조건 죄를 인정하고 사죄하고 배상하고 그만두라는 식으로 몰아붙인다.

"어차피 개싸움입니다. 웃으면서 정중하게 싸울 수 있는 시기는 지났습니다."

"그러면…… 어떻게 해야 하나요? 기다리면 저쪽에서 올까요?"

"올 겁니다. 안 올 수가 없지요."

그동안 계속해서 박중식의 죄를 이야기하던 그들의 입장에서는, 여기서 도망을 가 버리면 다른 여자들에게 할 말이 없다.

"여자들은 공감 능력이 뛰어난 거지 멍청한 건 아니거든요."

평소에 이 문제로 떠들던 사람들이, 멍석 깔고 한판 하자고 하는데 그 자리를 피한다면 결국 그건 자신들의 논리에 자신이 없다는 의미가 된다.

실제로 많은 사건들이 인터넷에서 떠벌려진다.

그들은 누군가가 자신을 성추행했다고 주장한다.

하지만 정작 그 사건을 경찰에는 가지고 가지 않는 사람도 있다.

한국 사법부는 여성이 일관된 진술을 하면 거의 무조건 성범죄를 인정해 준다.

그걸 알면서도 인터넷에서만 떠들 뿐 경찰서로는 가지고 가지 않는 사람들의 심리는 간단하다.

그 일관된 진술에 대한 자신이 없는 거다.

경찰은 진술의 일관성에 대해 계속 조사를 한다.

그런데 거기서 말이라도 잘못하면 대번에 의심이 자신에게 역으로 돌아오니 두려워하는 것.

아무리 여자들이 감정적으로 피해자와 동조하기 쉽다고 해도, 매번 다른 이야기를 하는 자칭 피해자라는 존재에게 동의할까?

"더군다나 이런 형사사건은 자세한 내용은 다른 사람들에게 전달되지 않지요. 그러니 이게 불법적으로 사건이 조작된 건지 아니면 진짜 무죄인 건지 알 수가 없죠. 그런 상황에서 대부분의 여성들은 특유의 공감 능력 때문에 피해자와 자신을 동일시합니다. 애석하게도 성추행하는 놈들은 실제로 존재하니까요. 거의 대부분의 여성들이 성추행당한 경험이 있다고 할 만큼 말이지요."

그러다 보니 자꾸 문제가 되는 것이다.

"그러니 지금까지와는 반대로 우리가 완벽하게 사건을 마무리하고 사건 기록을 공개하면 그런 소리도 더는 나오지 않게 될 겁니다."

"으음."

대부분은 무죄가 나오면 그 사실을 말하기는 하지만 판결문이나 기타 수사 내역까지 공개하지는 않는다.

창피하니까.

당연히 적대적인 사람은 의심할 수밖에 없다.

"그러니 이참에 아주 모조리 까발리자고요, 후후후."

⚖

장소는 다름 아닌 회사의 방송실이었다.

정해진 날짜에 정해진 시간에, 아예 회사 내부 방송으로 판 깔고 파이트 하자는 거다.

그리고 그날이 오자 두 명의 여자가 나섰다.

"안녕하십니까? 서로 소개하시죠. 아, 방송 중인 것은 아시죠?"

"회사 여성 단체인 민주여성회의 남지연이라고 합니다. 이쪽은 같은 소속인 공지숙이고요."

"저는 박중식 씨의 변호사인 노형진이라고 합니다. 토론 방식은 간단합니다. 미리 공지했다시피, 그쪽에서 먼저 의혹 사항을 질문하면 우리가 답변하는 겁니다."

"알겠습니다. 그러면 우리가 먼저 시작하지요."

남지연은 미리 준비한 종이를 꺼내서 읽기 시작했다.

"피고인 박중식은 피해자 차양미를 성추행했지요. 그 사건으로 고소당했고요."

노형진은 머리를 긁적거렸다.

'보아하니 이 뒤에 변호사가 있구만.'

질문이야 저들이 준비할 수 있다.

하지만 그 질문에 피고인이니 피해자니 하는 말이 나오는 것은 변호사가 질문지를 준비해 줬다는 걸 의미한다.

듣는 사람에게 박중식이 가해자라는 이미지가 떠오르도록 말이다.

"일단 단어를 정정해야겠군요."

"단어요?"

"첫째, 여기는 재판정이 아닙니다. 둘째, 이 사건에서 박중식 씨는 이미 무죄를 받았습니다. 셋째, 여기서 저를 제외하고는 법률 전문가는 없습니다. 그런 상황에서 피고인이니 피해자니 부르는 건 듣는 분들의 선입견을 강조하는 단어를 선택하는 것뿐입니다. 어떤 변호사분의 도움을 받으셨는지 모르겠지만 속이 뻔하게 보이는 말장난은 하지 맙시다. 이름으로 통일하죠."

노형진이 마지막에 한 말은 다분히 고의적이었다.

사람들에게 저쪽에서 말장난을 한다는 이미지를 남기기 위해서였다.

"아, 음…… 알겠습니다. 그러지요."

고개를 끄덕이는 그녀를 보고 노형진은 피식 웃었다.

'역시 경험이 없네.'

만일 변호사가 저기에 있다면 호칭 문제로 아마 제법 오래 싸우려고 했을 것이다.

물론 태클을 거는 사람이 없는 건 아니었다.

"성추행이 법적으로 무죄로 판결된 건 알지만 사회적으로는 아니지요. 그런데 왜 우리가 피고인이라는 단어를 쓰지 말아야 하지요?"

공지숙의 말에 노형진은 차분하게 답했다.

"아까도 말했다시피 여기는 재판정이 아니고 이미 재판은 무죄로 끝났으니까요. 피고인은 형법상 범죄 수사의 대상일 때 쓰이는 단어입니다. 우리는 수사 권한이 있는 사람들도 아니고 애초에 사건 자체가 무죄로 끝났습니다. 즉, 지금은 더 이상 사건 수사 중이 아니라는 거죠. 만일 여기서 박중식 씨가 피고인이라고 계속 주장하시면 허위 사실 유포로 인정됩니다. 현재 우리는 방송 중입니다. 허위 사실 유포로 인한 명예훼손을 하면 처벌받으실 수 있습니다."

공지숙은 뭐라고 더 말하려다가 말았다.

노형진은 일단 진실을 이야기하기로 했다.

"일단 아까 질문에 대답하자면, 맞습니다. 고소당했지요. 하지만 무죄를 받았습니다."

"저희 민주여성회에서는 그렇게 생각하지 않습니다. 저희는 성추행이 이뤄졌다고 생각합니다."

"일단 이 부분에 대해서는 제가 지적하고 넘어가지요. 차양미 씨의 최초 주장에 따르면 당일 2시부터 3시 사이에 성추행을 당했다고 했습니다. 맞지요?"

"그렇습니다."

"그러면 그 시간의 이 통화 내역은 어떻게 판단하실 겁니까?"

경찰이 박중식의 무죄를 인정한 가장 큰 이유. 그건 바로 박중식의 통화 내역이었다.

"그 당시에 박중식은 업무와 관련해서 2시부터 2시 35분까지 거래 사업자와 통화 내역이 있습니다. 그건 경찰의 진술에 의해 상대방에게 확인했습니다. 그리고 2시 40분부터 3시 10분까지는 은행 업무와 관련해서 은행과 통화했고, 현행법에 따라 해당 내용은 모두 녹음되었습니다. 그 말은 성추행이 가능한 시간이 2시 35분부터 2시 40분 사이의 단 5분뿐이라는 겁니다."

"성추행이라는 건 아주 짧은 시간 동안 이루어질 수도 있는 겁니다. 강간도 아니고 단순 추행이라면 더더욱 그렇지요."

"그건 맞습니다."

성추행이라는 것은 가슴이나 엉덩이 등 성적으로 수치심을 유발할 수 있는 신체 부위를 만지는 행위 등을 뜻한다.

사실 5분이면 그런 일이 일어날 수 있는 가능성은 충분히 존재한다.

"다만 그 5분 동안 박중식 씨가 담배를 피우고 왔다는 것을 빼면요."

"담배요?"

"그렇습니다. 현재 모든 건물은 금연입니다."

당연하게도 아무리 이사라고 해도 건물 안에서 담배를 피울 수는 없다.

물론 이사가 담배를 실내에서 피운다고 해서 뭐라고 할 사람은 없겠지만 현행법상 흡연실을 따로 만들어야 하고, 실제로 해당 건물의 흡연실은 1층 바깥에 따로 존재한다.

"그리고 흡연실은 언제나 불이 있어야 하는 곳이기 때문에 화재 문제로 인해 CCTV가 설치되어 있지요."

그 5분 사이에 박중식은 담배를 피우고 왔고 그 장면이 그대로 찍혀 있다.

"더군다나 애초에 은행과 상담한 이유 자체가 본인의 대출에 대해서였습니다. 정상적인 생각을 가진 사람이라면 대출을 해야 하는 답답한 상황에서 성추행을 하지는 않지요."

"그건……."

"어쨌거나 차양미 씨의 진술에 따르면 그 시간 동안 박중식 씨가 성추행을 했다는 건데, 그 말은 박중식 씨가 나가는 걸 못 봤다는 거죠. 박중식 씨가 외부에 있는 CCTV에 찍힌 이상 나간 건 확실한데 차양미 씨는 그걸 보지 못했다는 겁니다. 그런데 구조적으로 보면 이사실에서는 비서실을 지나지 않는 이상 밖으로 나갈 수가 없습니다. 물론 비상 탈출용 창문을 깨고 나갈 수는 있겠지만 그랬던 것 같지는 않네요."

노형진은 CCTV와 진술을 비교하며 말했다.

"결과적으로 차양미 씨는 그 당시에 현장에 없었다는 소리인데, 경찰에서는 차양미 씨에게 그 시간에 어디에 있었는지 설명을 부탁했지만 그에 대한 설명을 들었다는 기록은 없군요."

노형진은 여기까지 말하고 두 사람을 바라보았다.

"하지만 성추행 사건에 있어서 시간적 오류는 있을 수 있는 일입니다."

'그래, 이게 문제야.'

성추행 사건에서 일관된 진술이 있으면 처벌하는 게 현행법인데, 또 진술이 달라져도 성추행의 충격으로 인해 기억의 오류가 있을 수 있다며 인정한다.

"좋습니다. 두 번째 진술을 따져 보지요. 그 진술에 따르면, 원래 주장했던 날이 아닌 다음 날 2시부터 3시라고 했습니다. 그렇지요?"

"맞습니다."

"일단은 그 시간에 통화 내역은 없지요."

그래서 그 시간이 특정될 수 있었다.

예상대로라면 말이다.

"하지만 그 당시의 메신저 기록을 보면 이야기가 좀 달라집니다."

비서들은 아무래도 다른 사람들에 비해 업무 강도가 심한 것은 아니다.

그렇다 보니 업무를 하는 사이에 이런저런 이야기를 한다.

"그 당시에 차양미 씨는 컴퓨터에 깔린 메신저를 이용해 대화를 한 기록이 있습니다. 그 한 시간 사이에 총 쉰다섯 문장을 쳤네요. 그 이후에도 마흔세 문장을 쳤고요. 그런데 그 어디에도 성추행 관련 발언이나 의심스러운 발언은 보이지 않습니다."

시간을 착각할 정도로 충격을 받은 사람이 메신저로 친구와 수다를 떤다? 그건 말도 안 되는 소리다.

"그건 불법 아닌가요, 피해자의 계정을 뒤지는 건?"

생각지도 못한 상황이었기 때문에 공지숙은 다급하게 물었다.

자신들이 들을 때는 그런 이야기는 없었으니까.

"일단 불법은 아닙니다. 그 당시에 컴퓨터에 메신저를 깔았고, 그 후에 이용했습니다. 컴퓨터는 차양미 씨의 물건이 아니라 기업의 물건이므로 그걸 수거해서 조사하는 건 합법이지요."

"하지만 계정을 해킹한 거 아닙니까!"

"해킹한 거 아닙니다. 자동 로그인을 걸어 두셨더군요. 그런 경우는 불법이 되지 않습니다."

그래서 두 번째 진술에도 구멍이 나 버렸다.

"그러자 세 번째 진술에서는 시간이 일주일 뒤로 후퇴합니다만……."

노형진은 그 건에 대해서는 길게 이야기하지 않았다.

그 대신에 그들에게 사진 한 장을 꺼내 보여 주었다.

"그날은 박중식 씨의 둘째 딸의 생일이었습니다. 차양미 씨는 바로 그날 저녁 8시경 성추행이 벌어졌다고 했지요. 하지만 이건 그날 8시경 따님이 SNS에 올린 사진입니다. 보다시피 박중식 씨는 따님과 함께 식당에 있지요. 그러자 차양미 씨는 네 번째로 시간을 바꿨습니다."

아무리 경찰이 호구 취급이라고 하지만 무려 네 번이나, 그것도 일주일씩 성추행의 타이밍이 바뀌면 그걸 당연하다고 생각하기는 힘들다.

일관성이 무너져도 너무 과하게 무너졌기 때문이다.

"어, 음……."

남지연과 공지숙은 당황한 표정이 역력했다.

자신들이 차양미에게 들은 이야기 중에 이런 건 전혀 없었으니까.

차양미는 그들에게 자신이 성추행을 당했는데 경찰이 사

건을 무마했다고 울면서 호소했었다.

물론 사건 진행 내용은 그 안에 전혀 없었다.

"그러면 다른 피해자들은 어쩔 건가요?"

남지연의 질문.

노형진은 고개를 갸웃했다.

"다른 피해자들요?"

"네, 다른 피해자들요. 차양미의 말에 따르면 박중식은 자기 자리를 이용해서 많은 피해자들을 만들었다고 하던데요."

"그러면 그 피해자들을 데리고 나와 주세요."

"네?"

"당연한 거 아닙니까? 피해자가 실제로 나타나야 그 주장을 서로 교차 검증해 보지요. 다른 피해자라는 존재를 인식하지도 못하는데 어떻게 피해자를 찾습니까?"

"다른 피해자들은 직위에 의한 위협 때문에 나서지 못하는 겁니다!"

공지숙이 진지하게 말했다.

"그럴까요? 아무리 지금은 회사에서 무죄를 인정해서 해직하지 않는다고 해도, 만일 제 의뢰인인 박중식 씨의 다른 성추행이 사실이고 그게 밝혀진다면 결국 해직 처리될 것 같습니다만."

"그러나 그는 이사로서 강력한 권력을 가지고 있고……."

노형진은 남지연의 말에 단호하게 선을 그었다.

"남지연 씨 그리고 공지숙 씨. 두 분은 이 건에 대해 이야기할 때 누군가에게 전화를 받거나 압력을 행사받은 적 있습니까?"

"어…… 아니요."

"그러면 이 사건에 관련해서 경찰이 압력을 받는다고 진술했거나 하는 증거가 있나요?"

"아니요."

"그러면 차양미 씨가, 누가 전화해서 소를 취하하라고 했다거나 하는 등의 압력을 받았다고 하던가요? 아니면 그와 관련된 녹음 기록이나 녹취록을 공개하던가요?"

"그건…… 아니요."

"그러면 박중식 씨의 집안이나 주변 인물에 대해 아시는 것 있습니까?"

"없습니다."

"그러면 압력의 주체는 누구인가요?"

하다못해 누군가에게 그런 전화라도 받았어야 압력이 인정된다.

하지만 누구도 이들에게 접촉한 적이 없다.

"박중식 씨는 이사가 맞습니다. 하지만 실력으로 그 자리에 올라간 이사지 낙하산은 아니죠. 그 말은, 딱히 쓸 만한 권력을 가지고 있지는 않다는 겁니다."

대기업 이사도 아니고 중견 기업, 그것도 월급쟁이 이사가 가진 힘이라고 해 봐야 뻔하다.

"그런 상황에서 경찰이나 검찰에 압력을 행사해서 사건을 무마하는 건 힘들죠. 더군다나 요즘 같은 상황에서는요."

검찰과 경찰은 국민들에게 치열한 감시를 받고 있는 상황이다.

그런 상황에서 압력을 행사한다? 그건 심각한 문제가 될 수밖에 없다.

"하지만 그걸 드러내지 않고 한다면……."

"그게 가능합니까? 협박이라는 것은 범인이 피해자에게 위협을 가하는 유의 범죄입니다. 그리고 그 행동을 통해서 뭔가 이득을 얻어 내는 게 목적이지요. 그런데 그걸 가지고 어떠한 이득을 누가 얻는지조차도 말씀 못 하고 계시지 않습니까?"

"우리가 모르는, 익명으로 얻을 수 있는 이득이 있겠지요."

"그건 제보도 마찬가지입니다. 법적인 신고가 아니라면 익명으로 제보를 하는 게 가능하지요. 그 익명으로 들어온 제보 사항이라도 있느냐고 묻는 겁니다."

물론 없다.

그러니 그들도 말할 수가 없었다.

'이게 피해자 우선주의의 함정이지.'

피해자가 하는 말은 무조건 맞다, 그렇게 생각하면 검증도 전혀 하지 않고 믿어 버리는 게 인간이다.

그러다 보니 실수를 하게 되는 것이다.

피해자를 보호하고 배려하는 것과 피해자의 말을 확인하는 것은 전혀 다름에도 불구하고, 많은 사람들이 피해자의 말을 확인하지 않는 실수를 저지르곤 한다.

특이 인터넷에서 소위 말하는 저격을 하는 인간들을 보면, 해답도 없이 일단 말을 내뱉고 상대방에게 그걸 부정하는 증거를 내놓으라고 하는 경우가 많다.

당연히 하지도 않은 걸 증명할 방법은 없다.

두 사람도 그런 실수를 한 것이기에 노형진은 그들에게 진지하게 말했다.

"증거가 없다면 섣불리 확답을 내리는 것은 위험합니다."

"하지만 정황이라는 게 있지 않습니까?"

"정황이라……. 단순히 정황만을 보고 판단한다면 이런 것도 가능하지요. 제가 듣기로는 고성각 씨가 박중식 씨를 꺾고 부사장 자리에 올라갔다고 하더군요."

"그래서요?"

"가령 두 분이 고성각 씨에게 청부를 받고 박중식 씨를 사회적으로 말살하려고 하고 있다고 주장할 수도 있습니다."

"우리를 어떻게 보고……!"

발끈하는 남지연.

노형진은 그런 그녀를 무심하게 바라보았다.

"증거가 없는 진술은 이런 겁니다. 증거는 없지만 정황만

맞아떨어지면 무슨 말이든 할 수 있지요. 아니, 반박할 증거가 없는 한 그 어떤 허황된 말도 가능합니다. 왜냐? 뫼비우스의띠처럼, 그걸 부정할 수 있는 증거가 없으니까요."

결과적으로 모든 것은 증거로 입증되어야 한다.

"백 명의 범인을 놓치더라도 한 명의 피해자는 만들어서는 안 된다, 이게 법의 기본 규칙이지요."

노형진은 그렇게 말하면서 그 두 사람을 바라보며 물었다.

"두 분 다 결혼하셨나요?"

"네, 그런데요?"

"가령 제가 두 분이 남편이 아닌 남자와 불륜을 저지르고 있다고 주장하고 다니면 어떨까요?"

"우리는 결백합니다."

"사람 그렇게 함부로 매도하는 거 아니에요!"

"맞습니다. 두 분은 결백하지요. 불륜 같은 짓은 저지르지 않으시는 거, 압니다. 하지만 여러분은 그걸 어떻게 증명하실 겁니까?"

남지연과 공지숙은 입을 다물었다.

없는 걸 증명할 방법은 없다.

'이게 미러링이지.'

보통 미러링이라고 하면 병신같이 똑같은 범죄를 저지르면 상대방이 이해해 주는 거라고 하는데, 진짜 미러링은 상대방에게 현 상황을 제대로 반전시켜 납득시키는 것이다.

"아니면 이런 주장도 가능하지요. 차양미 씨가 불륜 관계인 고성각 씨의 사주를 받고 고소했다는 식으로 말입니다."

"말도 안 됩니다!"

"그게 핵심입니다. 제가 예시를 들었다시피, 없는 걸 증명하기 위해서는 그에 따른 증거가 필요합니다. 지금 제가 말한 불륜설 같은 걸 증명하기 위해서는 같이 모텔에 가는 사진이라거나 관계를 맺는 사진이 필요하겠지요. 하지만 불륜 관계가 아니라면? 피해자의 입장에서는 뭐로 증명할까요?"

남지연과 공지숙의 얼굴에 당혹스러워하는 표정이 명백하게 드러났다.

'그렇지. 여기서 무조건 차양미 편을 들어 줄 수는 없거든.'

안 봐도 뻔하다. 여자들 특유의 공감 능력을 이용해서 소문은 퍼트렸겠지만 그 안에 자세한 정보는 없었을 것이다.

그런데 팩트로 패고 있으니 당연히 당황할 수밖에 없다.

'아마 차양미는 더 당황하고 있겠지.'

노형진이 그녀가 고성각과 불륜 관계라는 소문을 낸 것은 아니다.

하지만 지금 합리적인 의심만으로도 그들은 핀치에 몰릴 수밖에 없다.

'무죄판결 이후에도 계속 헛소문을 내려고 했으니까.'

하지만 도리어 이런 소문이 날 줄은 몰랐을 것이다.

'하지만 난 절묘하게 예시를 든 것뿐이니까.'

즉, 사실 유포에 의한 명예훼손이 성립하지 않는다.

아예 방송에 대고 예시라고 말했으니까.

"보다시피 이번 사건에서 핵심은 누군가가 피해를 입었다는 것이 아닙니다. 사건 자체가 무죄가 나왔으며, 무죄가 나올 만한 정황이 충분했다는 거지요."

남지연과 공지숙은 아무런 말도 못 했다.

"그러니 더 이상 증거도 없이 성추행 발언이 나오는 경우는 개정의 여지가 없다고 보고, 허위 사실 유포와 명예훼손으로 고발하겠습니다."

사실 노형진이 방송까지 해 가면서 이 얘기를 한 이유는 이 마지막 말 때문이다.

이미 팩트로 두들겨 패서 진실을 알려 줬는데도 계속 헛소리하면 진짜 용서 못 한다는.

'자, 그러면 이제 차양미와 고성각이 뭐라고 할지 두고 보자고, 후후후.'

구설수는 구설수로

　박중식에 대한 문제는 그 사건으로 끝났다.

　물론 일부에서는 여전히 불만을 가진 사람들이 있었지만 논리적 설명에 대부분이 인정했기 때문이다.

　자신의 생각이야 어떻든 간에 논리적으로 사건이 성립될 수가 없는 게 증명되었고, 의심스러운 부분 역시 존재하기 때문이다.

　"그 상황에서 차양미를 편들며 떠들어 봐야 자기 인생을 거는 짓이 될 뿐이니까요."

　물론 여전히 불만을 가지고 있는 사람도 있다.

　하지만 세상에 불만을 전혀 받지 않고 살 수는 없다.

　"일단 그 건으로 인해 해직당하지는 않게 되었습니다만."

박중식은 참담한 표정이 되었다.

"고성각이 저를 그냥 두지 않을 겁니다."

"알고 있습니다. 단순히 경쟁자 수준을 넘어섰으니까요."

단순 경쟁자였고 그래서 둘 중 하나가 승리한 거라면, 그래서 박중식이 패배를 인정하고 고성각을 축하해 준다면, 소년 만화같이 훈훈한 장면이 만들어졌을 것이다.

"하지만 고성각 입장에서는 그게 아니죠."

자신이 켕기는 부분이 있기 마련이고 그건 박중식을 볼 때마다 걸릴 수밖에 없는 부분이다.

그러니 그는 어떻게 해서든 박중식을 쳐 내려고 할 수밖에 없다.

"아마도 부사장의 권력을 이용해서 무리한 프로젝트를 맡기거나 하는 방식으로 나올 겁니다."

"하아, 이미 그런 이야기가 나오더군요. 사장은 도와줄 생각이 없어 보이고요."

"그럴 겁니다."

사장은 중립적이지만 동시에 귀찮은 걸 싫어한다.

고성각이 부사장으로 선발되었으니 그와 껄끄러운 박중식이 사라지는 게, 사장 입장에서는 기업을 운영하기에 더 편할 수도 있다.

"그러니 우리는 다른 방법을 찾아야 합니다."

"어떻게요? 그는 이미 부사장입니다. 그를 자를 방법은 없습니다."

"고성각이 쓰던 방식을 우리가 역으로 이용하는 거지요. 바로 소문을 이용하는 겁니다."

"네? 그게 무슨 말씀이십니까? 그게 가능합니까?"

고성각은 박중식이 성추행범이라는 소문을 내서 그를 사회적으로 말살하려고 덤벼들었다.

하지만 현실적으로 박중식이 그런 식으로 헛소문을 내면 허위 사실 유포로 고소당할 수밖에 없고, 당연히 고성각은 그걸 가지고 박중식을 자를 것이다.

"제가 그를 공격하는 건 불가능합니다."

"물론 그건 불가능하죠. 직급도 그렇고요. 하지만 저는 가능합니다."

"변호사님이요?"

"네. 그러기 위해서는 먼저 그 경비원을 만나서 이야기를 들어 봐야겠네요."

소문을 이용할 줄 아는 것은 고성각뿐만이 아니라는 걸, 노형진은 보여 줄 생각이었다.

⚖

노형진은 그 경비를 만나서 그 호텔에 대한 정보를 얻었다. 물론 그는 처음에는 질색했지만 절대 이름을 누설하지 않을 것이며 박중식이 적절한 보상을 해 주겠다고 약속하자 호텔 이름을 알려 줬다.

그리고 노형진은 그곳에서 아주 중요한 증거를 얻었다.

"여기를 보시면 고성각 씨가 엘리베이터를 타는 층은 8층입니다."

노형진은 고성각의 아내를 찾아가 그곳에서 얻은 동영상을 보여 줬다.

모든 호텔은 법적으로 영상을 3개월간 보관해야 한다.

다행히 그들이 그 호텔에서 비슷한 시간대에 나온 것은 3개월이 되지 않았다.

물론 호텔에 적지 않은 돈을 줘야 했지만 그 효과는 확실했다.

"그리고 여기의 이 여성분이 나중에 나오는 층도 8층이지요."

호텔의 복도에는 애석하게도 카메라가 없다.

그러나 엘리베이터에는 있다.

"이 여성분이 누구인지는 잘 모르실 거라 생각합니다만……."

노형진은 미리 확보한 차양미의 사진을 건넸다.

"고성각 씨의 비서입니다."

그 영상을 보면서 고성각의 아내는 부들부들 떨었다.

같은 호텔의 같은 층에서 비슷한 시간에 엘리베이터에 타는 두 사람.

그리고 두 사람은 부사장과 비서의 관계.

"우…… 우연일 거예요……. 우연…… 우연……."

그녀는 필사적으로 그렇게 생각하고 싶어 했다.

하지만 노형진은 그런 그녀에게 확실하게 말했다.

"우연이기는 힘들죠. 남녀가 이유도 없이 같은 호텔에서 나오는 경우는 드무니까요."

더군다나 남자와 여자가 각자 따로 호텔을 온다?

숙박도 아니고 대실로?

"그리고 그날 영상을 제가 다 확인해 봤습니다. 남녀가 혼자 나오는 분들은 두 분이 다였습니다."

혼자 여행을 온 것도 아니고 두 사람이 각각 따로 호텔에서 나올 만한 이유는 사실상 정해져 있다.

당연히 아무것도 몰랐던 고성각의 아내는 부들부들 떨 수밖에 없었다.

"원하신다면, 저희에게 소송을 맡기면 확실하게……."

"나가요."

"네?"

"나가! 나가라고!"

돌연 고성각의 아내는 핏발이 선 눈으로 노형진을 향해 소리를 질렀다. 그녀의 눈에는 분노가 어려 있었다.

"저기, 사모님? 사모님?"

"나가! 아아악! 나가!"

노형진은 움찔하더니 이내 주춤거리면서 물건을 챙겨서

바깥으로 튀어 나갔다.

　다음 순간 그의 등 뒤에서 온갖 물건이 다 날아왔다.

　"아아아악! 죽여 버리겠어!"

　엘리베이터를 타고 내려올 때까지 그 비명은 온 아파트에
울려 퍼졌다.

　"어우야, 그 아줌마 성깔 한번 죽여주네."

　노형진은 부들부들 떨었다.

　"뭐 상관없나? 내 목적은 다 이뤘으니까."

　노형진은 헝클어진 옷과 머리를 정리하고는 심호흡을 했다.

　"자, 고성각 씨. 당신의 인생을 한번 두고 보자고."

　노형진은 피식 웃으며 의미심장하게 중얼거렸다.

⚖

　고성각은 사무실에서 일하고 있었다. 그러다가 아내가 왔
다는 말에 고개를 갸웃했다.

　"뭐야? 이 시간에 무슨 일이야?"

　고성각은 회사의 전용 엘리베이터 안에서 모습을 드러낸
아내에게 어리둥절한 표정으로 물었다.

　아무리 부사장이라고 하지만 그래 봤자 월급쟁이 부사장
이다. 그래서 아내가 이 회사에 온 적은 없었다.

　이사 시절에는 더더군다나 없었고.

"오늘 늦게까지 회의 있다고, 늦는다고 했잖아."

"회의? 회의?"

아내는 표독스러운 표정으로 주변을 둘러봤다.

그리고 구석에 앉아서 업무를 보던 차양미를 발견하고는 그대로 눈이 돌아갔다.

"너냐?"

"네?"

"너냐? 내 남편한테 꼬리를 친 게 너야? 어? 너냐고!"

"그게 무슨 말씀이세요? 제가 무슨 꼬리를 쳤다고…… 아 아악!"

기습적으로 머리채를 잡힌 차양미는 비명을 질렀다.

"아악!"

"이 개 같은 년! 감히 남의 남편한테 꼬리를 쳐?"

"이런 미친년을 봤나?"

당연히 차양미는 반격에 나섰고 결국 두 여자 사이에서는 난투극이 벌어지기 시작했다.

"지금 뭐 하는 거야! 여보!"

"이 개 같은 년! 머리채를 다 뽑아 버리겠어!"

"놔! 안 놔? 안 놔?"

두 여자가 서로의 머리채를 붙잡고 싸우기 시작하자 당연히 사람들이 몰려왔고, 고성각은 허둥지둥 그들을 말리려고 했다.

"뭐 하는 거야! 둘 다! 그만해!"

"놔! 오늘 저 개 같은 년을 죽이고 나도 죽는다! 어디서 바람을 피워! 어? 어디서 감히 바람을 피우냐고! 개 같은 년아! 어디 꼬실 게 없어서 아버지뻘의 유부남을 꼬셔!"

"아이고, 사모님! 진정하세요!"

"여보, 진정해!"

"진정? 지금 진정하게 생겼어? 저 미친년이 남편을 꼬시는데 진정하게 생겼냐고!"

"이 씨팔, 안 놔? 안 놔?"

두 여자가 한데 뒤엉겨 싸우자 당혹스러운 건 고성각이었다.

누구 편도 들어 주지 못한 채로 허둥거렸던 것.

그리고 그게 더더욱 아내를 화나게 만들었다.

"죽여! 죽여!"

"경찰 불러! 경찰!"

다급하게 누군가 외쳤고 순식간에 경찰이 들이닥쳤다.

"어머니, 진정하세요!"

"아이고, 경찰분! 저년이…… 저년이 우리 남편을 꼬셨어요! 우리 남편을 꼬셨다고요!"

"지금 창피하게 뭐 하는 짓이야!"

고성각은 아내를 나무랐다. 그러자 아내는 더욱 눈이 돌아갔다.

"뭐? 바람을 피우고 창피? 저 개 같은 년 때문에! 자식이고 처고 다 버리고? 이런 씨팔!"

다시 차양미에게 달려드는 아내와 그런 두 사람을 말리는 사람들과 경찰.

"진정하세요."

"놔! 안 놔? 아악!"

두 여자의 싸움은 점점 점입가경으로 치닫고 있었다.

⚖️

"결국 두 사람이 싸웠다고요?"

"어떻게 하신 겁니까?"

노형진이 그저 웃고만 있자 박중식은 어리둥절한 표정으로 물었다.

노형진이 수를 쓴다고는 했지만 설마 아내가 찾아와서 난리를 칠 줄은 몰랐던 것이다.

"아, 간단합니다. 그 당시 영상을 구해서 사모님에게 찾아가 보여 드리며 이혼소송을 맡겨 달라고 한 것뿐입니다."

"이혼소송을요?"

"네, 저는 변호사니까요. 소송 관련 정보가 있으면 영업하는 거야 당연한 거 아닙니까?"

"하지만 그러면……."

"네, 인생이 박살 날지도 모르죠. 그래서요?"

노형진은 어깨를 으쓱했다.

"소송이란 그런 겁니다."

결국 누군가의 인생은 박살 나는 게 소송이다. 이쪽이 박살 나든 저쪽이 박살 나든.

양쪽이 다 하하 호호 웃으며 사건을 해결할 수는 없다.

"더군다나 이런 사건은 합의고 뭐고 할 수 있는 게 아니니까요."

이미 고성각은 박중식의 인생을 박살 내기 위해 덤볐다.

그런 상황에서 박중식이 그를 위해 자기 인생을 포기할 수는 없다.

"누군가와 싸울 때는 자기 인생도 걸 각오를 해야지요."

물론 고성각은 절대 그럴 생각이 없겠지만 노형진에게는 그렇게 만들어 줄 능력이 있었다.

"그나저나 그 아줌마 성격 있네요. 이렇게 바로 가서 머리 끄덩이 잡고 싸울 줄은 몰랐는데요."

"진짜로 가서 알려 준 겁니까?"

"네. 뭐 동영상만 가지고 간 거지만요."

박중식이 회사에 소문을 내는 것은 불가능하다.

하지만 그들이 싸워서 소문이 나는 것은 그들만의 문제다.

노형진은 그 점에 착안해서 고성각의 아내를 찾아간 것이다.

"하지만 거기에는 살짝 함정이 있지요."

"함정요?"

"제가 회사의 사람들과 담판 지을 때 생각나십니까? 제가 뭐라고 했지요?"

"그때…… 아!"

예시라고 하면서, 차양미가 고성각과 연인이며 그들이 짜고 박중식에게 죄를 뒤집어씌우는 식의 조작도 증거가 없다면 가능하다는 식으로 이야기했다.

말 그대로 예시로 든 것뿐이고, 그 부분에 대해 더 이상 언급하지 않았다. 예시라고 명백하게 밝힌 이상 그건 허위 사실 유포나 명예훼손은 되지 않는다.

"어이구; 그런데 차양미가 고성각의 아내랑 머리끄덩이 잡고 싸웠네요?"

결국 경찰이 출동했고 직원들이 그들을 뜯어 놨으니, 당연히 그 이유는 고성각의 불륜 때문이라는 이야기가 빠르게 퍼질 수밖에 없다.

"그러면 사람들은 뭐라고 생각할까요? 그리고 그게 차양미에게 어떻게 적용될까요? 박중식 이사님의 말씀 한마디면 아마 상황이 확 바뀔 겁니다. 그러니까 기대하고 계시면 곧 재미있는 일이 벌어질 겁니다, 후후후."

⚖️

"이상하지 않아?"

"뭐가?"

"부사장 말이야."

"쉿, 조용히 해! 경을 치려고 그러냐?"

담배 피우는 곳에서 조용히 떠들던 사람들.

그들은 서로 조심하는 눈치였지만 이번 사건에 대해 이야기를 안 하려고 하는 것은 아니었다.

"사모님이 와서 차양미랑 머리채 잡고 싸웠다면서?"

"그건 다 아는 사실 아냐?"

"그러니까 이상하다는 거 아냐. 솔직히 박중식 이사가 성추행할 만한 사람 아닌 거야 다 아는 사실이었고."

"음…… 그런 사람으로 안 보이기는 했지."

"그런데 차양미가 고소하더니 부사장한테로 발령받고 말이야. 냄새가 나지 않아?"

"쉿."

옆에 있던 직원이 입을 가리고는 조용히 담배 쉼터 주변을 둘러보았다.

혹시나 고성각 라인의 사람이 있다면 문제가 될 테니까.

주변에 아무도 없는 걸 확인한 그는 목소리를 낮췄다.

"그렇잖아도 그것 때문에 말이 많더라."

"뭐가?"

"부사장이랑 차양미가, 묘하게 퇴근 시간이 겹치는 경우가 많다잖아."

"아니, 그거야 당연한 거지. 차양미는 비서잖아. 설마 비서가, 부사장이 아직도 일하는데 먼저 퇴근할까?"

"그걸 말하는 게 아니라 뭐랄까, 이건 소문인데……."

"소문?"

"가끔 갈아입을 옷을 가지고 출근한다네?"

"갈아입을 옷?"

"그래. 자리 옆에 쇼핑백이 있어서 슬쩍 들여다봤는데, 거기에 갈아입을 옷으로 보이는 게 있었다던데."

"으음?"

눈을 동그랗게 뜨는 사람들.

"왜 갈아입을 옷을 가지고 오지?"

"비상용일 수도? 커피가 쏟아질 수도 있잖아?"

"그런 거라면 자기 사물함에 두고 다니겠지, 쇼핑백을 들고 다닐 게 아니라."

그들의 이야기는 점점 불륜을 기정사실화하는 방향으로 흘러가기 시작했다.

원래 남의 뒷담화가 세상에서 제일 재미있는 법이고, 그렇게 사람들은 조금씩 이야기를 나누고 있었다.

"그러고 보니까 그 소문도 있잖아. 같은 호텔에서 나왔다는."

"뭐, 마누라가 찾아와서 머리끄덩이 잡을 정도면 답은 나온 거 아냐?"

"그렇지?"

사실상 고성각과 차양미의 불륜은 확정된 상태.

그러면 다음번 의문으로 넘어간다.

"언제부터 불륜을 저지른 걸까?"

이건 중요한 문제다.

만일 박중식 사건 이전부터 이미 불륜 관계였다면 조작을 통해 박중식을 몰락시켰을 가능성도 분명 존재한다.

하지만 박중식 사건 당시에 고성각이 차양미를 보호하려고 노력한 걸 생각하면 그 와중에 눈이 맞았다고 해도 이상할 건 없다.

"글쎄…… 그게 중요하기는 한데……."

"애초에 박중식 이사의 비서였잖아. 부사장이랑은 접점이 없었던 거 아냐?"

"글쎄. 남녀 관계라는 게 단순한 기회의 문제인지는 알 수가 없지."

"여자들 사이에서는 뭐래?"

"뭐, 똑같지. 여자들도 의심하는 눈치야. 불륜 사건이 너무 공교롭지 않아? 듣기로는 그런 이야기도 있더라."

"무슨 이야기?"

"차양미가 처음에는 박중식 이사님을 노렸는데 안 넘어오니까 부사장으로 방향을 튼 거라고."

"그것도 가능하네."

사람들은 심각한 표정으로 고개를 끄덕거렸다.

"상황이 완전히 골 때리는 것 같은데. 이러다 고성각 부사장 잘리는 거 아냐?"

"글쎄, 그야 모르지."

일단 확정된 발령이다. 그걸 뒤집는 건 쉬운 게 아니다.

더군다나 부사장이 된 지 몇 달 되지도 않았고, 불륜이 시끄러운 문제이기는 하지만 회사의 해직 사유에는 해당되지 않는다.

"일단 확실히 뭔가 있다는 느낌은 드네."

"나도."

"뭔가 이상해."

그렇게 박중식에게 쏠려 있던 사람들의 관심은 조금씩 고성각에게로 넘어가고 있었다.

⚖️

"사장님, 이번 사건에 관련해서 차양미 씨를 지속적으로 고성각 부사장의 비서로 두는 것은 합당하지 않다고 생각합니다."

박중식은 노형진에게 들은 대로 회의에서 의견을 꺼냈다.

"아니, 갑자기 그게 무슨 말입니까! 박 이사! 그걸 지금 말이라고……!"

"제가 틀린 말 했습니까? 고 부사장님, 차양미 비서와 불륜 관계인 게 온 회사에 파다하게 소문이 났는데 여전히 차양미 씨를 부사장님의 비서로 두는 게 합당하다고 생각하시는 겁니까?"

"큭."

고성각은 아무런 말도 못 했다. 그 말이 사실이니까.

상식적으로 상사와 부하 직원이 불륜이 났는데 그 둘을 붙여 두는 것은 비정상적인 행동이다.

"사장님, 이건 박중식 이사가 전의 사건에 원한을 가지고 보복하는 겁니다."

"보복요? 제가 뭐, 못 할 말 했습니까? 사람들에게 물어보세요. 불륜 난 임직원과 비서를 붙여 두는 게 정상적인 건지."

"그거야……."

"그리고 언제까지 사모님이 매일같이 출근하게 하실 겁니까?"

"……."

한번 그 난리를 친 고성각의 아내는 거의 매일같이 찾아와 사장과의 면담을 요구했다.

당연히 목적은 차양미의 해직이었다.

공식적으로 차양미는 휴가 기간 중이니까.

"언제까지 사장님이 고통받아야 하나요?"

"하아."

사장은 긴 한숨을 내쉬었다.

틀린 말이 아니었다.

고성각의 아내는 엄청나게 화가 났지만 이혼할 생각은 없었다.

하지만 그렇다고 해서 남편 옆에 불륜녀가 계속 있도록 둘 생각도 없었다.

"현 상황에서 가장 좋은 방법은 그녀를 해직시키는 겁니다."

"그건 안 됩니다."

"그러면 부사장님이 나가시겠습니까?"

"아니, 아니…… 그게 아닙니다. 크흠…… 제가 말씀드리고자 하는 건, 그건 부당 해고에 해당한다는 겁니다."

"부당 해고라……. 글쎄요?"

애매한 문제다.

불륜으로 인한 부당 해고는 사실 판례가 없다.

어떤 경우에는 부당 해고가 인정되지만 어떤 경우에는 또 인정되지 않는다.

다만 그 기업이 공기업이거나 공기업에 가까울 경우 품위 유지 위반으로 해고가 인정되는 경우가 많은 건 사실이다.

"하지만 우리 회사는 민간기업체지요."

그러면 상황은 애매해진다.

현실적으로 부당 해고를 당한 후 소송해서 차양미가 복직하게 되면 그 기간 동안의 임금도 지급해야 하고, 손해배상도 해야 하며, 계속 근무까지 시켜야 한다.

"결국 그녀가 직접 나가야 합니다만."

문제는 차양미에게 나갈 생각이 전혀 없어 보인다는 것.

"그렇다면…… 방법은 하나뿐이군."

사장이 적을 안 만드는 사람이라고 하지만 또 한편으로는 합리적인 사람이기도 하다.

"그녀를 새로 발령하도록 하지."

그렇게 차양미의 미래가 결정되었다.

차양미는 분노로 부들부들 떨었다.

자신이 설마 이런 꼴이 될 줄은 몰랐으니까.

"나보고 조립 부서로 가라고?"

그녀는 원래 뛰어난 외모 덕분에 취업해서부터 비서 노릇을 해 왔다.

지금까지 단 한 번도 공장에서 조립하는 일은 해 본 적이 없다.

그런데 뜬금없이 자신보고 공장의 조립 부서로 가라고 한다.

"이이익……."

이건 고전적인 수법이다.

회사에서 해직시키기 곤란한 사람들을 스스로 나가게 하기 위해 해 본 적도 없고 적응도 쉽지 않은 곳으로 발령 내는 것이다.

법률에서는 발령권은 모두 회사에 있다고 인정하고 있으니까.

실제로 모 기업은 상담하던 사람들을 자르려고 할 때 지방에 있는 전신주를 타는 수리 팀으로 발령하는 방법을 쓰곤 했다.

대부분의 상담사들은 구조적으로 여성인 경우가 많았고, 그곳에서 해직 대상이 되는 사람들은 나이가 좀 된 결혼한 여성들이 많았다.

그런 여성들을 뜬금없이 혼자 먼 지방의 전신주를 타는 수리 팀으로 발령해 버리면, 가족들을 버리고 그 지방에 가서 전신주를 타면서 수리하는 것은 불가능하니 결국 사표를 내게 되는 것이다.

당연히 그런 방식의 해고는 흔하게 있어 왔다.

물론 가끔은 그런 방식 역시 법원에 브레이크가 걸리기는 했지만, 애석하게도 이번에는 그녀가 불륜을 저질렀다는 현실 때문에 브레이크가 걸릴 수가 없었다.

불륜 대상이 가까이에서 근무한다는 건 추후 문제가 될 수 있었고, 대기업이나 지방 근무 출장소가 없는 이곳에서 그 둘이 떨어질 수 있는 곳은 오로지 공장동뿐이었으니까.

고성각은 부사장이라 공장으로 보낼 수는 없으니 당연히 남은 방법은 차양미를 공장으로 보내는 것뿐이었다.

"이럴 수는 없어요!"

　발끈한 차양미는 당장 고성각을 찾아가서 따졌다.

"저보고 공장에서 조립을 하라고요? 이건 이야기가 다르잖아요!"

"상황이 상황이다 보니…….."

"상황이요? 무슨 상황이요!"

"나도 막으려고 했어. 그런데…….."

　지금까지 회사에서 불륜이 없었던 것은 아니다.

　물론 부사장의 불륜이야 처음이지만 직원끼리의 불륜은 종종 있었다.

　그때마다 최우선적으로 이루어지는 일은 두 사람을 떨어 뜨려 놓는 것이었다.

"하지만 당신은 부사장이잖아요!"

"그래도 이 건에 대해서는 힘을 쓸 수가 없어."

　그는 월급쟁이 부사장이다.

　그러니 당사자인 사건에는 입을 다무는 수밖에 없다.

"더군다나 내가 해직당할 수는 없잖아?"

　아니, 설사 고성각이 해직당한다고 해도 그녀를 계속 비서 직으로 둘 수는 없다.

　비서직이라고 하면 최소 이사 라인이다.

그런데 그녀가 불륜을 저지른 걸 알면서도 어떤 이사가 그녀를 받아 주려고 하겠는가?

자두나무 아래에서는 갓도 고쳐 쓰지 말라고 했고 참외밭에서는 신발도 고쳐 신지 말라고 했다.

오해를 받는 것보다는 차라리 애초부터 그녀를 받지 않는 게 훨씬 나은 선택일 것이다.

"그러면 뭐예요? 나보고 그만두라는 거예요?"

"그만두라는 게 아니라 조금만 참으라는 거야. 조금만 참으면 내가 다시 자리를 만들어서 불러들일 테니까. 비서직은 아니더라도, 최소한 사무직으로는 마련해 줄 테니까. 응? 응?"

그렇게 고성각이 살살 구슬리자 차양미는 이를 뿌드득 갈면서도 더 이상 따지지는 못했다.

그러나 그 약속은 의미가 없다는 걸, 그녀는 금방 알게 될 수밖에 없었다.

⚖

"이런 불륜의 답은 사실 뻔하죠."

노형진은 어깨를 으쓱했다.

변호사들은 어마어마하게 많은 사건을 보는데, 그중 하나가 이혼이다.

한국에서 이혼은 너무 흔해서 그다지 특이할 게 없는 사건

중 하나다.

"답이 뻔하다니요?"

"여성들은 보통 동년배의 남성을 선호하거든요."

물론 띠동갑 남성을 만나는 경우도 있지만 보통은 그 사람이 능력이나 인품이 좋거나 하는 등의 사정이 있다.

"그런데 차양미는 고성각과 만나고 있습니다. 그리고 이번 사건에서 보셨다시피, 고성각은 인성이 좋다고 볼 수는 없는 인간이지요."

만일 고성각이 성격이 좋고 인품이 좋았다면 이런 짓거리 자체를 하지 않았을 테니까.

"그렇다고 나이가 맞고 미래를 걸 만한 사람이냐? 그것도 아니죠."

한 기업의 부사장이, 무슨 사장의 직계도 아니고 연차에 따라 승진해서 뽑힌 상황인데 나이가 적을 리가 없다.

"고성각은 나이가 많습니다. 심지어 고성각의 딸이 차양미보다 두 살이나 더 많아요."

"그건 알고 있습니다."

박중식도 그건 알고 있다.

고성각은 같은 이사였고 차양미는 자기 비서였으니까.

그러나 그게 이번 사건과 뭐가 관련이 있는지는 모르는 눈치였다.

"이런 경우에 여자가 거짓말을 하면서까지 그를 잡으려고 한다면 대부분 이런 조건이 붙지요."

"어떤 조건요?"

"내가 이혼하고 결혼해 줄게."

노형진은 히죽거리며 말했다.

"고성각의 나이를 생각하면 사실 뻔하죠."

이미 결혼했고 아이까지 있는 사람이다.

그런 사람을 순수하게 사랑해서, 과거의 상사를 무고까지 해 가면서 뒷바라지해 주는 사람이 얼마나 될까?

"그런 사람은 없습니다."

심지어 아내도 안 해 줄 일을 해 준다?

그건 둘 중 하나다.

진짜 영혼까지 사랑하든가, 아니면 이권이 달려 있든가.

"그런데 공장으로의 보직 이동이 결정되니 가서 심하게 따졌다면서요? 영혼까지 사랑하는 사람이라면 그럴 이유가 없지요."

어디에 있든 서로 만날 수는 있으니까.

즉, 그들의 관계에는 이권이 붙어 있다는 거다.

그리고 단순 돈이라면, 돈만 주면 되는 거지 따질 이유가 없다.

"즉, 그 둘 사이에 이혼에 관한 일종의 거래가 있었다는 거죠."

이혼하고 그녀와 결혼하면 고성각은 젊은 아내가 생기고

부사장이 될 수 있어서 좋고, 차양미는 돈 많고 명 짧은 남자를 만나서 좋다.

"양쪽 다 이득인 거래인 거죠."

"거래라……."

"문제는 이런 거래의 핵심은 진심이 없다는 겁니다."

한국에서 이혼은 기본적으로 피해자가 요구해야만 가능하다.

귀책사유가 있는 사람은 이혼을 신청한다고 해도 법원에서 인정하지 않는다.

"진짜 이혼할지 아니면 뻥카였는지 알 수가 없게 된 상황입니다만, 어느 쪽이든 답은 나와 있지요. 이혼은 불가능합니다."

고성각은 이혼을 하고 싶어도 이미 차양미와의 불륜이 발각되었고 그 때문에 귀책사유가 발생했다.

소송을 건다고 해도 법원에서 받아 줄 리가 없다.

"만일 진실이었다면 고성각은 아내의 귀책사유를 만들어 내려고 했겠지요."

제비를 고용해서 불륜을 조장하거나 그녀가 심각한 사치를 한다는 식으로 몰아붙이는 게 목적이었을 것이다.

"안 그러면 이혼할 때 돈을 왕창 뜯기거든요."

결혼한 지 수십 년이 지났다.

거기에다 귀책사유는 자신에게 있다.

그러면 일단 재산은 50 대 50으로 나누고 거기에 배상 책임 등을 따져서 20~30%를 더 주게 된다는 소리다.

"이게 무슨 말이냐면, 지금 가진 재산의 30%만 남게 된다는 소리입니다."

"아! 그러면 이혼을 못 하겠군요."

"맞습니다. 그래서 제가 그의 아내를 판에 끼워 넣은 겁니다. 단순히 소문만이 목적이 아니었죠."

그런 경우는 제법 많았다.

그리고 노형진의 수많은 경험으로 비추어 볼 때 그런 경우 남편이 아내에게 싹싹 비는 결말이 대부분이다.

"더군다나 이미 성인이 된 자녀가 자신보다 어린 여자와 바람을 피운 아버지를 어떤 시선으로 볼지는 답이 나와 있는 셈이니까요."

고성각은 어떻게 해서든 이혼하지 않으려고 할 것이다.

"제 경험상 대부분 그렇더군요."

독재자의 최종적인 꿈은 재벌이라고 했던가?

그렇게까지 해서 박중식을 쳐 내고 부사장이 되려고 한 건 일단 돈이 가장 큰 이유일 것이다.

권력도 권력이지만 연봉 차이도 심하고 이권 개입도 쉬우니까.

"그러니 우리는 그 부분을 노려서 차양미를 흔들 겁니다."

"차양미가 흔들릴까요?"

"아까도 말씀드렸지만 이런 사건의 끝은 대부분 뻔합니다."

노형진은 자신 있게 말했다.

⚖️

남자들이 아주 큰 잘못을 하고 여자에게 사과를 하려고 할 때, 과연 어떤 방법을 쓸까?

보통은 집에서 무릎을 꿇거나 조용한 곳에서 싹싹 빌거나 할 것이다.

그리고 어느 정도 아내의 화가 진정되었다 싶으면 비싸고 분위기 좋은 레스토랑에서 식사를 하면서 관계를 개선해 가려 할 것이다.

바로 지금처럼.

"아주 뻔하네요, 진짜."

고연미 변호사는 식사를 하면서 피식 웃었다.

바로 옆 테이블. 그곳에서 고성각과 그 아내가 식사하고 있었다.

"그러니까요. 하긴 효과가 있으니까 대부분 쓰고 있는 것 아니겠습니까?"

노형진은 슬쩍 그쪽을 바라보며 말했다.

노형진이 변장하고 와서 그런지 그 두 사람은 그를 전혀 알아보지 못했다.

"마이크 상태는 어때요?"

"좋아요."

고연미 변호사의 가방에 숨겨져 있는 지향성마이크가 향한 방향은 당연하게도 고성각와 그의 아내가 있는 쪽이었다.

"설마 비서에게 레스토랑 예약을 시킬 줄은 몰랐네요."

"그러니까요."

자기가 할 줄 알았는데 그마저도 비서에게 시킨 덕에 언제 어디서 만나는지 알아내는 것은 조금도 어려운 일이 아니었다.

노형진은 당연히 그 바로 옆에 자리를 잡았다.

분위기상 여자와 같이 와야 해서 고연미 변호사에게 동행을 부탁한 것이었다.

"쉿, 조용. 이야기를 하네요."

물론 이건 불법 녹음이고 법적으로 쓸 수는 없다.

법적으로는 말이다.

"여보, 그 여자 어떻게 할 거예요?"

"이미 헤어졌다니까."

아내가 다그치자 고성각은 변명하듯 말했다.

"하지만 아직도 그년이 회사를 다니고 있다면서요?"

"그게, 여기서 자르면 부당 해고가 되어 버려서 그래. 나도 자르고 싶지. 그런데 그러면 회사랑 소송하고 그렇게 되어 버리니까, 스스로 나가게 하는 수밖에 없어. 그래서 공장으로 발령한 거야."

"공장에 간다고 뭐가 바뀌어요?"

"걘 한 번도 공장에서 일해 본 적이 없어. 그런 애들은 보통 공장으로 발령받으면 제 발로 나가거든."

"도대체 그년의 뭐가 좋았던 거예요?"

"그건 내 실수야. 아무래도 부사장실이 밀폐된 공간이잖아. 그렇다 보니 그년이 육탄 돌격을 해 오는 바람에 순간 흔들린 것뿐이야."

"하아."

"여보, 걱정하지 말라니까. 내가 사랑하는 사람은 당신뿐이야. 내가 왜 그런 년하고 같이 있겠어? 이번에는 내가 실수한 것뿐이야. 그년은 조만간 회사에서 나갈 테니까 걱정안 해도 돼. 알았지?"

와인 잔을 내밀며 건배를 하자고 하는 고성각.

아내는 그런 그를 믿고 같이 와인 잔을 부딪쳤다.

"빙고."

노형진은 그들의 목소리를 들으면서 입가에 살짝 미소를 떠올렸다.

⚖

노형진은 현장에서 찍은 영상과 녹음 파일을 가지고 차양미를 찾아갔다.

그녀는 공장에서 제대로 적응하지 못하고 있던 중이었다.

사실 당연하다. 한 번도 안 해 본 힘든 일, 거기에다가 워낙 시끄럽게 일을 터트린 상황인지라 알게 모르게 왕따까지 당하고 있었던 것이다.

성추행의 피해자이니 그녀를 보호해야 한다는 사람들도 있었지만, 공장의 여성들 중에는 기혼자가 많았다.

그렇다 보니 불륜녀라는 소문이 돈 그녀에 대해 그다지 좋은 이미지가 생길 수가 없었던 것.

완전히 바뀐 환경에 제대로 적응도 못하고 왕따를 당하는 힘든 상황에서 접근해 온 노형진이 해 준 말은 그녀를 분노케 하기에 충분했다.

-그건 내 실수야. 아무래도 부사장실이 밀폐된 공간이잖아. 그렇다 보니 그년이 육탄 돌격을 해 오는 바람에 순간 흔들린 것뿐이야.

당사자가 녹음하지 않은 녹음 파일은 불법이며 법정에서 사용할 수가 없다.

하지만 그렇다고 해서 그게 다른 사람을 흔드는 데에도 사용되지 말라는 법 역시 없다.

"이런…… 개 같은 새끼가!"

차양미는 눈이 뒤집혀 길길이 날뛰었다.

그럴 수밖에 없다.

자신이 성공한 사모님이 될 거라 생각해서 배신했다.

비서라는 직책은 힘든 일도 없으면서 수익은 많은 직업이다. 그런 좋은 자리를 포기한 이유는 고성각이 그녀를 꼬셨기 때문이다.

"아마도 이혼한 후에 결혼하자고 접근했겠지요. 하지만 지금 들으셨다시피, 고성각은 이혼할 생각이 전혀 없습니다."

이혼은커녕 이제는 짐 덩어리가 되어 버린 차양미를 쳐 낼 생각만 하고 있는 게 바로 고성각이다.

"박중식 씨는 그 부분을 알고 있습니다. 진실을 말해 준다면 고발도 하지 않을 것이며 적당한 보상도 해 드릴 생각입니다."

"보상요? 무슨 보상요?"

"어차피 더 이상 이 회사에서는 근무 못 하지 않습니까? 안 그런가요?"

차양미는 아무런 말도 못 했다.

이제야 자신이 팽당했다는 걸 알아차린 것이다.

그녀는 여기에 남을 수가 없다. 사무직으로 돌아갈 수도 없고 비서도 될 수 없다.

고성각이 이혼하고 자신과 결혼하지도 않을 테고 말이다.

자신은 말 그대로 망한 거다.

'그리고 여자가 한을 품으면 오뉴월에도 서리가 내린다고 하지.'

차양미 입장에서는 분명 인생을 걸고 한 행동이었다.

그런데 고성각은 그런 그녀를 이용하고 버렸다.

"만일 여기서 사실을 말씀해 주신다면 퇴직금과, 퇴직 이후에 고용 보험을 받을 수 있게 해 드리겠습니다. 그리고 추천서를 써 드리지요."

"추천서요?"

"그렇습니다."

이 회사는 생각보다 규모가 크다.

당연하게도 하청 업체나 거래하는 회사도 많다.

"그런 곳에서 부사장의 추천서가 얼마나 큰 힘이 될 것 같습니까?"

"부사장……."

즉, 그녀가 고성각을 날려 버리면 그 자리는 결국 박중식이 차지하게 될 것이다. 그 이후 차양미가 하청 회사에 입사하려 한다면, 부사장이 추천서를 같이 보내 주면 당연히 고용된다.

"물론 거기서는 멍청한 짓을 하지 않으셔야겠지만요."

차양미는 입술을 깨물었다.

노형진의 말이 맞기 때문이다.

상황이 이렇게 되었으니 자신은 여기서 버틸 수 있는 방법이 없다.

"만일 제가 안 한다면요?"

"바로 고성각에게 찾아갈 겁니다. 그리고 녹음 파일을 틀어 주고, 차양미 씨에게 알려 줬다고 할 겁니다."

그러면 어떻게 될까?

아마도 고성각은 이혼을 하지 않기 위해 어떻게 해서든 차양미를 쫓아내려고 할 것이다.

그때는 어차피 사이가 틀어져서 차양미가 거기에 남아 있는다는 것은 그 자신에게 위험한 상황이 되어 버리니까.

"어쩌면 차양미 씨를 고발할지도 모르지요."

"고발?"

"자기 이야기는 쏙 빼고, 알고 보니 차양미가 무고로 박중식을 고소한 걸 알았다는 식으로요."

"하지만 그 미친 새끼가 시킨 건데요?"

"그거 증명할 방법이 있습니까?"

없다. 만일 고성각이 그런 식으로 나오면 최악의 경우 차양미는 모든 죄를 뒤집어쓰고 인생 종 쳐야 한다.

"크으으……."

"그러니까 선택하시면 됩니다, 고성각인지 아니면 박중식인지. 조금 더 팁을 드리자면……."

"팁?"

"복수를 하고 싶으시다면, 아마 이것이 제대로 복수가 될 겁니다, 후후후."

그 말에 차양미는 물끄러미 녹음 파일이 저장된 녹음기를 바라보았다.

"언제 이혼할 거예요?"

따로 만난 차양미는 고성각을 마구 밀어붙였다.

"무슨 소리야?"

"무슨 소리냐니요? 이혼하고 결혼해 준다고 했잖아요!"

"아니…… 그런 이야기를 왜 여기서 하는 거야?"

다급하게 입을 막으려고 하는 고성각.

하지만 이미 차양미는 눈이 돌아가 있었다.

"공장에서 얼마나 내가 무시받는지 알아요? 불륜녀라고 손가락질받는 것도 지겹다고요. 부사장 사모님이 되어야 나도 그년들한테 뭐라도 할 수 있잖아요."

"어허! 그런 말은 조용히 하라고!"

"조용히 할 말이 아니잖아요. 지금 내가 언제까지 기다려야 하느냐고 묻잖아요."

"나도 최선을 다하고 있어. 하지만 지금 이혼하면 아내한테 재산을 다 털린단 말이야."

"그게 무슨 소리예요?"

"지금 이혼하면 내가 재산을 그년한테 줘야 한다고. 그러니까 입 좀 닥치고 조용히 있어. 시간이 좀 지나면 그년한테 귀책사유를 뒤집어씌우고 이혼할게."

"그래서 내가 얼마나 기다려야 한다는 거예요!"

"3년. 3년만 기다려. 내가 3년만 지나면 제비 하나 불러서 그년이 바람피우게 만들 테니까."

"그러면 내 나이가 몇인데!"

"그만큼 돈을 벌 수 있잖아. 지금 이혼하면 개털이라니까! 그러니까 3년만 참자. 알았지?"

"아니요! 못 참아요!"

물론 진짜 3년을 참을 수도 있다.

하지만 그때 가서 또다시 거짓말을 할 거라는 것쯤 예상하는 건 어렵지 않았다.

가짜 사건으로 동료마저 밀고하는 그가 3년 후에 무슨 책임을 지겠는가? 애초에 3년 후에는 자신이 뭘 하든 그와 엮을 수 있는 증거가 없을 게 뻔했다.

"그만둬요!"

"그러면 어쩌자는 거야?"

"난 내 나름대로 살 궁리를 해야겠어요."

"어쩔 건데? 지금이라도 박중식이 찾아가서 빌고 다시 비서로 써 달라고 할 거야?"

"그럴 필요는 없지요."

"뭐?"

그 순간 누군가 그의 어깨에 손을 턱 올렸다.

그리고 무심결에 고개를 돌린 고성각의 얼굴이 딱딱하게 굳었다.

"이미 와 있으니까."

"바…… 박중식……."

"인사해. 아니, 인사할 필요는 없나? 네 와이프니까 구면 이지?"

"여, 여보……."

고성각의 얼굴이 사색이 되었다.

박중식과, 그의 와이프가 여기에 있다.

두 사람이 불륜 관계가 아니라면 여기에 그들이 함께 있을 이유는 하나뿐이다.

"이미 사정은 다 들었다. 미쳤군. 그렇게 해서까지 부사장 이 되고 싶었던 거냐?"

"그게……."

"이혼해요. 더 이상, 당신에 대한 어떤 믿음도 없네요."

"여, 여보…… 이건 오해야. 그러니까……."

"글쎄, 그건 회사에서 자세하게 이야기해 봐야겠군."

그 순간 그들의 뒤에서 나타난 사장.

그의 얼굴에는 혐오가 가득했다.

"사, 사장님……."

"자세한 이야기는 회사에서 듣겠네. 하지만 올 때 짐을 챙 겨 갈 박스는 가져오기 바라네."

고성각은 그대로 고개를 푹 숙였다.

"고맙습니다. 드디어 제대로 돌아가는 것 같습니다."

결국 고성각은 법의 처벌을 받았다.

박중식이 그를 고소했고, 차양미가 분노에 자신이 어떻게 그 범죄에 이용당했는지 모두 말해 버린 것이다.

그의 아내는 이혼을 청구해서 재산의 대부분을 가지고 갔다.

그리고 남은 부분은 박중식이 손해배상으로 가지고 가면서 고성각의 인생은 나락으로 떨어졌다.

그 이후 차양미는 결국 회사에 사직서를 내고 떠났다.

아무리 나중에 박중식에게 용서받았다고 하지만 그녀가 저지른 일이 있고, 고성각이 해직당하면서 퍼진 소문 때문에 계속 회사에 다닐 수 있는 상황이 아니었으니까.

"차양미만 빼고 다 제자리로 돌아왔네요."

박중식은 씁쓸한 표정으로 말했다.

고성각은 망했지만 정작 자기를 감옥에 보내려고 했던 차양미는 어쩔 수 없는 용서로 더더욱 이득을 얻게 될 것이다.

"그렇게 생각하세요?"

"네?"

"전혀 그럴 일 없습니다, 후후후."

"그게 무슨 말씀입니까? 이미 차양미에게는 추천서까지 써 줬는데요."

"네, 압니다. 동시에 고용 보험도 타 먹을 수 있게 해 줬지요."

고용 보험은 자발적 퇴사가 아니라 회사의 사정으로 인한 퇴사인 경우 정부에서 주는 돈이다.

"그것도 함정입니다."

"네? 그게 함정이라고요?"

"네. 고용 보험은 놀면서 받는 돈이라는 느낌이 강하거든요."

당연히 차양미는 놀면서 그 돈을 받아서 생활할 것이다. 돈이 다급한 경우가 아니라면 그러는 사람들이 대부분이니까.

"그런데 그거랑 추천서랑 무슨 관계가 있습니까?"

"소문이 관계가 있지요."

"소문요?"

"거래하던 회사의 부사장이 바뀌는 것은 절대 흔한 일도 아니고, 더더군다나 취임한 지 얼마 안 된 사람이 잘린다는 건 무슨 일이 있었다는 거거든요."

"설마!"

"그 설마가 맞습니다."

그녀가 바로 취업한다면 그런 소문이 돌 시간이 없겠지만, 그녀는 고용 보험을 타 먹으면서 놀며 시간을 보낼 것이다.

"왜 이런 사건이 벌어졌는지 거래하던 곳에 소문이 나기에는 충분한 시간이지요."

"아아!"

물론 박중식은 그녀를 용서했다. 공식적으로는 말이다.

그래서 추천서를 써 줬다.

"하지만 그런다고 해서 그녀의 과거가 사라지는 것은 아닙니다."

추천서를 들고 온다고 해서 회사에서 무조건 고용해야 하는 것은 아니며, 또 그게 절대적 위력을 가지고 있는 것도 아니다.

두 사람의 화해 문제와는 별도로 그녀가 한 행동에 대해 우려하는 사람이 많을 테고, 기업인들은 구설수가 생길 만한 일은 절대 하지 않으려고 한다.

"그 추천서는 사실상 휴지 조각인 셈이지요."

그러니 그녀는 관련 기업들에는 취업하지 못하게 될 것이다.

"물론 그녀가 능력이 된다면 전혀 상관없는 곳에 취업할 수는 있겠지만요."

"허허허."

결국 추천서는 아무런 의미도 없었던 것이다.

그 추천서가 있다고 해도 취업은 못 할 테니까.

"복수는 확실하게 하는 게 좋으니까요, 후후후."

그리고 그녀는 자신이 복수당하고 있다고는 전혀 생각도 못 할 테고 말이다.

이게 바로 '노형진식'의 복수였다.

주객전도라더니

교도소.

그곳은 죄인들이 벌을 받는 장소라고 생각하는 사람들이 많다.

하지만 한국에서 교도소는 범죄자들에게 학교라고 불린다.

애석하게도 한국의 교도소는 처벌을 받는 장소가 아니라 교화의 장소이기 때문이다.

문제는 그 교화라는 게 사실상 불가능하다는 거다.

시스템상 교화가 가능한 프로그램이 있는 것도 아니고 대부분 노역을 하면서 시간을 보내니까.

당연히 교화는커녕 범죄자들에게 학교라고 불리는 상황이 되어 버렸다.

이유는 간단하다.

범죄자들은 그곳에서 다른 범죄자를 만나 그들에게 범죄를 배워 나와서 새로운 범죄를 저지르니까.

그래서 교도소의 은어가 '학교'인 것이다.

당연히 그곳에 있는 대부분의 범죄자들은 반성이라는 게 없다.

애초에 범죄자들은 일반인들과 생각하고 행동하는 패턴 자체가 다르다.

실수로 들어온 사람이라면 모를까, 계획범죄로 들어온 사람이라면 잘못했다고 생각하는 게 아니라 재수 없어서 걸렸다고 생각하는 이가 대부분이다.

더 웃긴 건 많은 인권 운동가들이 그곳에 있는 범죄자들을 챙길지언정 피해자들에게는 관심이 없다는 것이다.

그리고 더 웃긴 건, 그들에 의해 다른 피해자가 또 생기고 있다는 것이다.

"오죽하면 저희가 변호사를 찾아오겠습니까?"

심혁민은 한숨으로 말했다.

심혁민은 교도소의 교도관이었다.

10년이 넘게 교도관 생활을 한 베테랑이었지만 요즘 같은 시기는 도무지 자신도 교도관 생활을 할 수 없다는 생각이 들 정도로 피곤하고 힘들었다.

오죽하면 자식이 있는 그조차도 그만둘까 하는 생각이 들겠는가?

그가 그럴 정도이니 젊은 교도관들이 자꾸 그만둬서 인원이 심각하게 부족한 상황이었다.

그 때문에 그걸 해결하기 위해서 노형진을 찾아온 것이다.

그 자신의 능력으로는 해결할 수가 없으니까.

"저희 교도관들이 요즘은 아예 노예가 된 기분입니다. 우리가 죄수인지 저놈들이 죄수인지 알 수가 없어요."

"소문을 듣기는 했습니다만……."

교도소의 가장 큰 문제점, 그건 원래 목적은 제대로 작동하지 않는데 웃기게도 범죄자의 보호 조치는 점점 강해지고 있다는 거다.

"벌써 과로사가 세 명이고 자살이 두 명입니다. 이직 신청자만 다섯 명이 넘고요."

심혁민의 말에 노형진은 입맛을 다시다가 옆에 있던 김성식을 바라보았다.

그는 검사 생활을 하면서 그런 건에 대해 잘 알고 있기 때문이다.

"하긴…… 그건 사실이네. 요즘 교도소는 교도소가 아니야. 제대로 된 갱생시설이라고 보기는 힘들지."

이유는 간단하다.

죄수들이 아무리 교도관을 괴롭혀도 이쪽에서는 대응할 수가 없는데, 정작 교도관이 죄수에게 욕이라도 한마디 하면 그때는 온갖 징계가 다 떨어지기 때문이다.

"아니, 도대체 언제부터 범죄자들이 사회적 약자가 된 겁니까?"

"그러니까 웃긴 거지. 사회적 약자라는 게 그런 의미가 아닐 텐데."

사회적 약자란 말 그대로 사회에서 보호받지 못하며 힘들게 살아가는 사람들을 뜻한다.

그런데 도대체 어떻게 범죄자들이 사회적 약자가 된단 말인가?

그들은 그저 일반인보다 숫자가 적을 뿐이다.

그런데 인권 운동가들은 그들을 사회적 약자라고 하며 무조건 보호하려고 든다.

물론 죄수들에게도 최소한의 인권은 보장되어야 한다.

하지만 지금 대한민국의 교도소는 사실상 교도관보다 죄수가 더 상급자인 셈이나 마찬가지다.

"저희로서는 어쩔 수가 없습니다, 진짜."

"그렇지요. 그들에게 교도관을 괴롭히는 방법은 아주 많으니까요."

가장 많이 쓰는 방법은 사실 조회 등 열람을 신청하는 것이다.

교도관은 그 경우 그 모든 서류를 일일이 다 준비해야 하며, 당연히 일과가 끝난 후에 해야 한다.

즉 야근을 해야 하는데, 그런다고 해서 다음 날 근무에서 빠지는 것이 아니다.

당연히 과로로 사망하는 교도관들이 늘어나고 있다.

두 번째는 무차별적인 소송이다.

어차피 감옥에 있는 죄수다. 적당한 핑계를 대고 무차별적으로 소송을 걸면 교도관은 그에 대응해야 한다.

죄수? 고소장 서너 줄 끄적거려서 집어넣으면 끝이다.

인터넷의 말처럼 그들의 서너 줄을 막기 위해 교도관은 수백 장의 서류를 준비해야 한다.

세 번째는 병원에 가는 것이다.

웃긴 일이지만 대한민국에서 죄수들은 병사들보다 더 많은 의료 혜택을 보장받는다.

군대에서 병사는 머리가 아프면 머리에 빨간약, 배가 아프면 배에 빨간약이라는 말처럼 의료 지원이 터무니없는 수준인 데 반해 죄수는 아프다고 하면 CT나 MRI 등등 온갖 고가의 장비를 이용해서 치료할 수밖에 없다.

의사 입장에서는 그가 죽으면 책임을 묻기 때문이다.

물론 군대에서는 장병이 죽어도 아무런 책임도 없지만.

"이렇다 보니 저희들도 참을 만큼 참았습니다."

'이해가 간다.'

노형진의 기억이 맞는다면 나중에 교도관들이 범죄자에게 포르노까지 제공하는 지경에 이른다.

당연히 범죄자에게, 그것도 성범죄자에게 포르노를 제공하는 것은 심각한 법률 위반 행위다.

하지만 그걸 줄 때까지 사람의 피를 말려 가면서 괴롭히는 범죄자들 때문에 어쩔 수가 없었던 것이다.

그들은 서류 한 장만 쓰면 그만이지만 그걸 준비하는 교도관들은 진짜 죽을 맛인 거다.

"그래서 이야기를 하다가 변호사님을 찾아온 겁니다. 어떻게 해서든 방법을 찾아 주신다고 해서요."

"확실히 애매한 사건이네요."

법률적으로 보면 죄수들은 민원인이고 교도관들은 공무원이다.

그리고 한국에서는, 민원에 관해서는 일단 공무원들이 약자일 수밖에 없다.

"쉬운 일은 아니네요. 저희도 회의를 한번 해 보겠습니다."

노형진은 교도관들에게 말하면서도 어떻게 해야 할지, 머리가 아파 왔다.

⚖️

"어떻게 생각하나?"

"골치 아프네요. 민원인에게 있어서 공무원은 대부분 약자인데 말이지요."

물론 사회라면 다른 방법을 써서 저항할 수 있다.

가령 법을 빡빡하게 적용한다든가, 식당이라면 불시에 위생 점검을 한다든가 하는 식으로 말이다.

"하지만 교도소는 그게 안 되네."

"그게 가장 큰 문제네요."

교도소에 있는 놈들은 어차피 막장이다.

특히나 이런 짓을 하는 놈들은 대부분이 강력 범죄를 저지른 죄수들이다.

"아예 나갈 가능성 자체가 없으니까요."

만일 죄가 약하거나 형량이 가볍다면 가석방을 노리기 때문에 쓸데없이 문제를 일으키지 않으려고 한다.

하지만 가석방 가능성이 없는 강력 범죄자들의 경우는 그런 게 전혀 없다.

어차피 못 나가는 거 아니까 편하게 살기 위해 교도관들을 괴롭히는 거다.

특히나 사형수나 무기징역을 선고받은 놈들은 아예 막장이라고 한다.

설사 아니라고 해도, 가석방 가능성이 없다고 판단되면 돌변해서 별짓을 다 하는 게 범죄자들이었다.

기본적으로 강력 범죄자들은 일반인들과 생각하는 것 자체가 다르기 때문이다.

"행정법상 이런 민원에 대해 대항할 방법은 없네. 알지?"

"알고 있습니다."

웃긴 일이지만 많은 죄수들이 몇몇 법에 대해서는 거의 변호사급의 지식을 가지고 있다.

이유는 간단하다. 그걸 이용해서 이득을 챙기기 위해서다.

그렇다 보니 교도관이 아무리 노력한다고 해도 그들과 싸우는 게 쉽지 않다.

이런 경우에는 대부분 공직자가 불리하니까.

"그렇다고 형사나 민사 쪽은 턱도 없고 말이지."

형사는 애초에 확정되어서 교도소에 들어온 이상 어떻게 손댈 수가 없다.

물론 감춰진 죄가 있을 수도 있겠지만 교도소에 있는 죄수가 수만 명인데 그들의 여죄를 다 추적하는 건 불가능하다.

민사 같은 경우도 의미가 없다.

그런 범죄자들은 대부분 돈 자체가 없기 때문이다.

범죄자들 대부분은 가난하다.

그나마 있던 돈도 대부분 피해자에게 손해배상으로 다 뜯기고 남은 건 어마어마한 빚뿐인 경우가 많다.

강력 범죄의 경우는 그 재산을 다 합해도 배상금이 안 나오기 때문이다.

"잃을 게 없으니 무서울 것도 없다 이건가?"

어차피 최소 십수 년 또는 평생 교도소에서 살아야 하는 거, 그냥 공무원 괴롭히면서 편하게 살겠다는 거다.

"그 말이 맞네요, 잃을 게 없으니 무서울 것도 없다. 뭐, 고문 같은 게 허용된다면 모르지만 그런 것도 아니니까요."

완전 밑바닥에서 그들이 물어뜯기 시작하자 위에서는 대응책이 없었던 것이다.

"웃긴 일이군. 문명국가이기 때문에 비문명에게 저항하지 못한다니."

헛웃음을 짓는 김성식.

"이 문제가 생긴 지 수십 년이니까요."

그래서 교도관은 공무원이라 많은 사람들이 지원하지만 그만큼 또 많은 사람들이 그만두는 직종이기도 하다.

"그들이 노역으로 버는 돈이라도 압류를 해야 하나?"

"그건 의미가 없을 겁니다."

아무리 압류라지만 사람이 굶어 죽을 정도로 뺏지는 못한다.

법적으로 정해진 최저선 이하는 절대 건드리지 못하기 때문이다.

그런데 이 죄수들의 노역이라는 게 최저임금 이하의 금액을 주면서 부려 먹는 것인지라 그들이 받는 돈은 법에서 규정한 압류 최저 한계선 이하다. 당연히 압류도 불가능하다.

더군다나 요즘은 교도소에 사식이라는 게 없다.

그 대신에 매점에서 원하는 것을 사 먹을 수가 있는데, 문제는 돈이 있는 사람이야 가능하지만 돈이 없는 사람은 불가능하다는 거다.

그래서 있는 제도가 영치금이다.

즉, 외부에서 돈을 주면 그 돈으로 내부의 매점에서 구입하는 것이다.

그런데 그 영치금마저 안 들어오는 경우 돈을 구할 방법이 있어야 한다.

그건 인권의 부분이니까.

그리고 바로 그 방법이 교도소 내부의 노역이다.

"그렇게 노역으로 번 돈을 압류하는 건 불가능할 겁니다. 설사 운이 좋아서 한다고 해도, 인권 단체에서 아주 게거품을 물고 덤빌 테니까요."

"웃기는군. 사실상 교도소의 주인은 죄수들이군."

도리어 교도관이 거기에 갇혀서 고통받는 셈이다.

교도관 입장에서는 기가 막힐 노릇이다.

혹자는 교도관이 죄수보다 자유롭지 않냐고 이야기할지 모른다.

하지만 그건 어디까지나 표면적인 부분이다.

교도관은 일하지 않으면 굶어 죽지만, 죄수는 먹여 주고 재워 주고 인권까지 챙겨 준다.

자유는 없지만 그 대신에 생존은 보장된다.

"아무래도 제가 교도소에 한번 가서 상황을 봐야겠네요."

"그렇게 하게. 우리도 한번 적당한 방법을 찾아보도록 하지. 하지만 쉽지는 않겠어."

"그럴 겁니다."

하지만 누군가는 한 번은 해야 하는 일이었다.

이건 도리어 인권을 핑계로 일반인을 역차별하는 행동이니까.

⚖️

며칠 뒤 노형진은 심혁민을 찾았다.

심혁민은 피로에 찌든 얼굴로 그를 반겼다.

노형진은 걱정스러운 마음에 조심스레 물었다.

"무슨 일이 있었습니까?"

"아…… 이 미친놈들이 또 지랄을 해서요."

"지랄?"

"쓸데없는 서류를 요구해서 사흘간 날밤 새웠습니다."

"퇴근은요?"

"할 수 있을 리가 없지요."

고개를 절레절레 흔드는 심혁민.

그는 퀭한 눈빛으로 노형진을 데리고 안으로 들어왔다.

"일단 면회하러 오신 게 아니라서 죄수동에는 못 가십니다."

"상관없습니다. 애초에 죄수들을 만나는 게 목적도 아니고요."

　죄수들을 만나 봐야 무슨 의미가 있겠는가?

　물론 그들의 변론을 담당하게 될 수도 있지만, 최소한 노형진이 교도관 측의 변론을 하는 동안에는 좋은 생각이 아니다.

　"저뿐만 아니라 벌써 동료 세 명이 밤을 새워서 일하고 있습니다. 도대체 이게 무슨 의미가 있나 싶네요."

　재판을 건 다음 그 사건과 관련해서 입증 어쩌고저쩌고하면서 민원을 넣고 무리한 요구를 한다.

　그리고 가해자인 범죄자는 느긋하게 자고, 교도관은 밤을 새워 가면서 소송을 준비한다.

　소송이 끝나면 범죄자에게는 아무 피해 없고, 교도관만 과도한 피로로 쓰러지기 직전이 된다.

　"마음 같아서는 그냥 깡그리 무시하고 싶다니까요."

　하지만 그럴 수는 없다. 그랬다가는 심각한 처벌을 받게 된다.

　"일단 민원서류들을 볼까요?"

　"죄수들이 요구한 거 말이지요?"

　"네."

　"그러시지요."

　노형진은 피곤한 표정의 심혁민과 함께 사무실로 들어갔다.

　교도관들이 준비하던 서류에는 사실 관심도 없었다.

이것이 법이다

애초에 죄수들이 요구한 거라면 거의 90% 이상은 쓸데없는 서류일 테니까.

만일 자기 재판과 관련된 서류라면 법원이나 검찰청 또는 경찰에 요구하지, 교도소에 그걸 요구할 필요는 없다.

즉, 이게 넘쳐 난다는 것 자체가 쓸데없이 사람을 괴롭히는 목적으로 요구했다는 걸 의미한다.

"이런 죄수가 얼마나 되죠?"

"한 서른 명쯤 됩니다."

"그 서른 명을 독방에 넣거나 하는 건 해 봤나요?"

"말도 마세요. 안 해 봤겠습니까?"

독방은 두 종류가 있다.

첫째는 원룸형의 독방.

다른 죄수들과 같이 두면 여러모로 위험한 부류를 그곳에 두는 것이다.

재벌이나 정치인이 그런 곳에 갇힌다.

두 번째는 처벌용 독방.

아주 작고 좁으며 눕는 것도 불가능하다.

하루 종일 앉아서 죄를 반성해야 한다.

그런데 그렇게 막장인 죄수는 아주 골 때리는 부분이 있다.

아예 막장이기에 최소한의 규정도 지킬 생각이 없는 것이다.

감옥 내에서는 소위 범털이라고 불리며 권력자 행세를 한다.

아무리 감옥이라지만 당연히 폭력이나 협박은 불법이다.

그러나 그들은 그런 것에 신경 쓰지 않는다.

특히 사형수나 무기수 같은 경우는 나갈 가능성이 아예 없다는 걸 알기에 진짜 막나가고, 다른 죄수들에게도 공포의 대상이 된다.

바깥에서 세 명을 죽여서 사형수가 되어서 들어왔다고 치자.

그러면 그가 여기서 반성하며 고개를 숙이려고 할까?

아니다.

그들은 여기서 열 명을 더 죽여도 사형수라는 신분이 바뀌지 않는다.

당연히 그와 같은 방에 있는 사람들은 벌벌 떨면서 그의 위협을 이겨 내야 한다.

그래서 대부분의 경우 사형수들은 독방에서 혼자 지내며 외부 작업조차 나가지 않는다.

그렇다고 해서 그들이 규정을 지키느냐?

그것도 아니다.

감옥에서 원래 죄수들은 일과 시간에 눕거나 하는 게 인정되지 않는다.

그러나 그러한 사형수들은 독방에서 생활하면서 마음 내키는 대로 한다.

누워서 자고 싶을 때 자고, 심심하면 책을 보면서 시간을 보낸다.

"처음에는 그런 놈들을 벌한다고 징벌용 독방에 넣어 두기도 했지요."

같은 독방이라고 하지만 징벌용 독방은 전혀 다르니까.

하지만 현실적으로 그게 안 먹힌다.

교도소의 징벌용 독방의 가장 강력한 무기는 바로 외로움
이다.

아무도 없는 공간에서 아무런 소음도 없이 사흘만 지나면
사람은 거의 반쯤 미친다.

하지만 그러한 막장들은 외로움 자체에 익숙하다 보니 오
히려 내성이 있는 편이다.

물론 징벌용 독방은 당연히 편하지 않지만, 문제는 그곳에
서 나온 막장 범죄자들이 조용히 반성하지 않는다는 거다.

"한 번은 문제를 일으켜서 징벌방에 넣었더니 나오자마자
교도관들에게 온갖 행패를 다 부리더라고요."

아파서 죽을 것 같다는 말은 기본이요, 온갖 말도 안 되는
서류를 요구하면서 교도관들을 괴롭혔다고 한다.

"무시는 해 봤나요?"

"해 봤죠. 그랬더니 죄다 업무상배임으로 고발을 넣었습
니다."

일단 민원이 들어온 이상 서류를 줘야 하는 게 공무원의
책임이다.

그런데 그걸 무시했더니 업무상배임으로 교도관들을 고발
했고, 결국 교도관들은 어쩔 수 없이 그들이 요구한 모든 서

류를 준비해서 내놔야 하는 상황이 되어 버린 것이다.

"더군다나 저희는 3급 교도소라서요."

교도소도 다 같은 게 아니다.

1급과 2급 그리고 3급이 있는데, 그 숫자가 작을수록 경범죄자들이 많다.

그런데 3급쯤 되면 최하 기준이 강도 정도가 될 정도로 막장 놈들인지라 도무지 통제가 안 된다.

"더군다나 고소도 많고요."

"고소요?"

"이유도 웃깁니다."

날씨가 추워서, 날씨가 더워서, 밥이 맛이 없어서, 교도관이 순찰을 제시간에 안 해서, 교도관이 자신을 흘겨봐서.

온갖 핑계를 대 가면서 죄수는 교도관을 고소한다.

현행법상 죄수에게는 교도관을 고소할 기본권이 존재한다.

문제는 그로 인해 교도관과 그 가족들이 고통받는다는 거다.

그렇게 고소해도 실제로 죄가 되는 건 하나도 없다.

지난 몇 년간 죄수들이 교도관을 고소한 것은 수천 건에 달하지만 처벌 건수는 전혀 없었다.

팔이 안으로 굽는다?

전혀 아니다. 자기가 먹어 보니 저녁밥이 맛없다고 하는 게 무슨 고소 건수가 된단 말인가?

"하지만 저희는 그에 따른 모든 준비를 해야 하지요."

답변서를 쓰고 항변해야 하며, 휴가를 내서 법원에 출석해야 하고, 관련 증거를 내놔야 한다.

죄수? 어차피 그들은 고소한다고 하면서 국선변호인을 요구하면 그만이다.

"뭐, 올 필요도 없었네요."

이 지경으로 막장이면 노형진이 와서 점검한다 해도 바뀌는 건 없을 것이다.

그렇다고 해서 철저하게 무시하자니 불이익은 교도관에게 온다.

"차라리 사형시켜 주면 자기가 버튼을 누르겠다고 하는 사람이 한두 명이 아닙니다."

"사형수나 무기수는 그렇다고 치고 범털들은요?"

"뭐, 범털들이야……."

어깨를 으쓱하는 심혁민은 어깨를 으쓱했다.

"진짜 골 때리는 건 조폭 출신들이 아닙니다. 어차피 그 애들은 대부분 나가고 말거든요. 그래서 가석방이라도 노려보겠다고 크게 문제를 만들지 않습니다."

"그래요?"

"진짜 문제가 되는 건 김일성 같은 놈입니다."

"누구요?"

노형진은 깜짝 놀랐다.

설마 여기서 익숙한 이름을 듣게 될 줄은 몰랐기 때문이다.

"김일성 말입니다. 과거에 성화의 회장이었지요."

"알고 있습니다. 김일성이 여기에 있나요?"

"네. 독실을 쓰고 있습니다."

"허."

"그 녀석 때문에 아주 죽겠습니다."

조금만 수틀리면 당장 다음 날 변호사가 고소장을 가지고 들어온다.

"그 녀석은 애초에 밥도 여기 밥은 안 먹습니다."

"네? 그건 불법일 텐데요?"

"불법이지요. 그래서 사식 반입을 막으려고 했습니다. 그랬더니 다음 날 저희 교도소장이 바로 고소당하더라고요."

"미친놈."

"주먹을 쓰는 범털 새끼들은 차라리 문제가 안 됩니다. 이런 정치나 경제 쪽 범털들은 사형수 새끼들보다 더해요."

사형수는 최소한 자기가 끄적거려야 하지만 그들은 변호사에게 전화 한 통이면 모든 문제가 해결된다.

"하아."

노형진은 머리를 흔들었다.

부자는 망해도 3년은 간다고 하더니, 여전히 김일성은 권력을 휘두르고 있는 모양이었다.

그가 회사는 잃었지만 인맥까지 잃은 것은 아니며, 그에게 뇌물을 받은 수많은 정치인들은 여전히 그의 전화를 받으면

편의를 봐줄 수밖에 없다.

"음…… 알겠습니다. 일단 저도 회사로 돌아가서 문제를 해결한 방법을 찾아보겠습니다."

노형진은 고개를 끄덕거렸다.

⚖️

"김일성? 그 새끼?"

순간 유민택의 눈이 희번덕거렸다.

그 원수 놈을 직접 죽이지 못한 게 천추의 한이라는 듯이 말이다.

"아주 잘 먹고 잘살더군요. 매일같이 사식이 들어간답니다."

"이 씨발 놈의 새끼가."

"뭐, 그 부분은 저도 딱히 할 말이 없네요. 그건 유 회장님 선에서 해결하실 수 있죠?"

"그래. 그 미친놈은 내가 해결할 수 있네."

유민택은 살아 있는 권력이고 김일성은 죽은 권력이다.

물론 김일성이 입을 나불거리면 다칠 사람들이 여럿 있지만, 그걸 막는 것도 결국은 능력이다.

"김일성과 붙어먹은 변호사 새끼, 당장 알아내 와! 단 한 번이라도 면회하거나 일 받은 적 있는 놈은 모조리 알아내!"

－네, 회장님.

　인터폰을 통해 명령을 내린 유민택은 분노로 부들부들 떨었다.

　그걸 보면서 노형진은 씁쓸한 표정이 되었다.

　아마도 대부분의 피해자들의 표정이 바로 저럴 테니까.

　자신을 파멸시킨 가해자가 멀쩡하게 잘 먹고 잘산다는 걸 알았을 때 피해자들의 기분은 어떨까?

　"고맙네. 그 미친놈을 감옥에 보내는 걸로 끝내려고 한 내가 멍청이지."

　"별말씀을요."

　아마도 김일성은 살아서 감옥에서 나오기는 힘들 것이다.

　그와 연락하고 지내는 모든 사람들에게 유민택의 공격이 들어갈 테니까.

　"그나저나 자네 말을 들어 보니 범죄자 새끼들이 아주 간 땡이가 부었군."

　"뭐, 공무원 세계의 약점이죠."

　"그러면 어쩔 생각인가? 기본적인 소송이나 다른 수로는 거의 안 먹힐 것 같은데."

　기본적으로 잃을 게 없는 놈들이다.

　더군다나 그들은 다른 사람과는 감정선이 완전히 다르다.

　"이런 막장인 놈들은 가족에게 그다지 미안함도 느끼지 않을 겁니다."

그러니 가족을 통한 설득이나 협박 역시 안 먹힌다고 봐야 한다.

"법적인 방법도 안 먹히고 감정적인 방법도 안 먹힌다고 하면 난 도무지 방법이 생각나지 않는데?"

노형진은 빙긋 웃었다.

"유 회장님은 어쩌실 생각입니까?"

"응?"

"유 회장님께서는 김일성에게 어떤 복수를 하실 겁니까? 엄밀하게 말하면 회장님과 저는 같은 고민을 하고 있습니다만."

"그건 그렇지만…… 상황이 좀 다르지 않나?"

김일성 같은 경우는 변호사가 붙어 있다.

그러니 변호사만 쳐 내면 김일성은 꼼짝도 못 할 것이다.

유민택은 그렇게 생각했다.

"중졸 범죄자도 고소장은 쓸 수 있습니다. 사실 고소장은 딱히 무슨 형태가 강제되는 것도 아니거든요."

변호사들이야 온갖 어려운 단어와 전문용어를 써 가면서 기승전결과 사건 진행까지 다 확인해서 고소장을 쓰지만, 그게 정해진 규칙은 아니다.

엄밀하게 말하면 고소장은 아무 종이에나 '누구누구 때문에 이렇게 억울해 죽겠습니다.'라고 써서 제출해도 인정된다.

"아무리 지금까지 꿀 빨았다고 해도 결국 그 고소를 하도록 한 건 김일성입니다. 그런데 그 김일성이, 변호사가 더 이상 오지 않는다고 해서 고소를 안 할까요?"

"그…… 그렇군."

도움을 받지 못할 뿐이지 김일성이 고소를 못 하는 것은
또 아니다.

"그때 쓸 만한 다른 방법이 있으십니까?"

"정치인들을…… 큭, 그렇군. 이번 사건은 정치인들이 위
협이 될 만한 게 없어."

어차피 김일성은 끝장난 상황이다.

그가 뭔가 하고 싶어 해도 정치인들이 그에게 끌려다니지
는 않을 것이다.

더군다나 그의 아들과 아내가 중국으로 넘어가서 한국에
준 피해를 생각하면 더더욱 말이다.

"물론 김일성이 준 뇌물이나 기타 자료들이 있으니 대놓고
공격은 못 하겠지요."

편의를 봐준다고 해도 기껏해야 교도소 내부에서 독방을
제공하는 것 정도일 것이다.

하지만 그것만 가지고 김일성을 공격하거나 죽일 수는 없다.

"정치인들이 배려해 줬을 가능성도 분명 존재하지만, 현
실적으로 김일성의 과거 행적을 생각하면 그가 독방에 들어
가는 게 맞거든요."

김일성이 사람을 죽이거나 하지는 못하겠지만 반대로 범
죄자가 그에게 피해를 입힐 가능성은 존재한다.

대기업이라는 것은 어떻게 보면 많은 사람들을 밟고 일어서야 하는 곳이다.

더군다나 썩어도 준치라고, 김일성이 가진 돈이 여전히 많은 거야 예상하는 건 어렵지 않으니까.

"그러면 거기서 잘 산다고 해도 나는 법적으로는 할 수 있는 게 없다는 말인가?"

"어떻게 보복하실 겁니까? 킬러를 보낼 수도 없고, 그렇다고 그와 재판을 하거나 감춰진 그의 재산을 찾아내는 것은 이유가 없습니다. 설사 찾아낸다고 해도 그걸 회수하는 건 전혀 다른 문제고요."

재산을 찾아낸다고 해도 그 돈을 회수할 권한이 있는 것은 그 당시 성화에 투자한 주주들이지 기업을 넘겨받은 대룡이 아니다.

대룡은 그 당시 실사를 정확하게 했고, 그 때문에 비는 금액에 대해서도 확실하게 인지하고 그걸 감안해서 가격을 측정했기 때문이다.

"그렇다고 해서 소송해서 형량을 늘리실 겁니까? 어차피 김일성은 거기서 죽습니다."

그를 감옥 안에서 죽이겠다는 말이 아니다.

어차피 김일성이 받은 형량의 기간과 김일성의 나이를 생각하면 살아서 감옥에서 석방될 가능성이 없다는 거다.

물론 몸이 안 좋아지면 병보석으로 나올 수도 있겠지만,

그건 김일성에게 100년 형이 남아도 나올 보석이니 의미가 없다.

"즉, 엄밀하게 말하면 유 회장님도, 화가 나지만 해결 방법은 없다는 거지요."

"망할 놈."

지금쯤 독방에 편히 누워서 퍼질러 자고 있을 김일성을 생각한 유민택은 분노로 이를 뿌드득 갈았다.

"그렇게 말하는 걸 보니 김일성에게 제대로 엿을 먹일 방법이 있나 보군."

"어디 김일성뿐이겠습니까? 이런 소송을 하는 놈들에게 확실하게 엿을 먹일 수 있는 방법이 있지요."

"음......."

유민택은 잠깐 고민했다.

노형진이 이렇게 말한다는 것은 결국 자신의 도움이 필요하다는 뜻이다.

"그리고 나는 내가 김일성에게 복수를 할 수 있다면 뭐든 할 거라는 걸 알고 요구하는 것이고 말이야."

"정확하게 아시네요. 제가 원하는 게 바로 그겁니다. 약간의 도움이 필요하거든요."

"약간의 도움이라......."

그 말을 곱씹던 유민택은 피식 웃었다.

"김일성이 고통받을 수만 있다면 기꺼이 도와주지. 그래,

어떻게 하면 되나?"

"일단은……."

노형진은 살짝 웃으며 말했다.

"전화번호부부터 털어 주시면 됩니다, 후후후."

다음 권으로 이어집니다

꿈의 도약, 로크에서 하십시오
(주)로크미디어에서 신인 작가를 모십니다

즐거운 세상, 로크미디어는 꿈을 사랑하고 도전을 두려워하지 않는 작가 분들의 참신한 작품을 기다리고 있습니다. 21세기 장르 문학계를 이끌어 갈 차세대 선두 주자 (주)로크미디어에서 여러분의 나래를 활짝 펴 보시길 바랍니다.

모집 분야 판타지와 무협을 포함한 장르 문학
모집 대상 아마추어 작가, 인터넷 작가
모집 기한 수시 모집

작품 접수 시 유의 사항
1. 파일명은 작가명_작품명.hwp형식을 갖춰 주십시오.
1. 파일에 들어갈 내용은 다음과 같습니다.
   - 성명(필명인 경우 실명을 밝혀 주세요), 연락처, 이메일 주소
   - 제목, 기획 의도
   - A4용지 1장 분량의 등장인물 소개
   - A4용지 2장 분량의 전체 줄거리
   - 본문
1. 작품이 인터넷에 연재되고 있다면, 게시판명과 사이트의 구체적이고 정확한 주소를 기재해 주십시오.

선택된 작품은 정식 계약 후 출판물로 간행되어 전국 서점에 유통됩니다.
작가 분은 (주)로크미디어의 전폭적인 지원하에 전속 작가로 활동하시게 됩니다.
※ 자세한 내용은 로크미디어 홈페이지(rokmedia.com)를 참조하세요.

(03920)서울시 마포구 성암로 330 DMC첨단산업센터 3층 318호
(주)로크미디어 편집부 신간 기획 담당자 앞
전화 : 02) 3273-5135
www.rokmedia.com   이메일 : rokmedia@empas.com

활 쏘는 대마법사

한시웅 퓨전 판타지 장편소설

**거침없는 팩트 폭격으로
드래곤조차 눈치 보게 만드는
극강의 꼰대! 아니, 최강의 궁신이 나타났다!**

유일하게 '신'이라 불리는 무인, 궁신 하철혁
자격을 시험받다 우화등선에 실패해
새로운 세상에서 눈을 뜨는데……

내공이 한 줌도 없다?

제로부터 시작하는 이세계 생활에 놀람도 잠시
처음으로 아버지라 느낀 존재가 살해당하고
그 뒤에 모종의 음모가 있음을 알게 되는데!

**이세계에서도 궁신의 신화는 계속된다!
군필도 두 손 두 발 드는 FM 정신으로
안 되는 것도 되게 하라!**

기어코 무대로

공원동 현대 판타지 장편소설

> "관심을 받으면 집중이 잘돼요."
> 사상 최강의 관종(?) 싱어송라이터가 나타났다!

데뷔 직전 사고로 인해 모든 것을 포기한 도원경
삼 년 뒤, 그에게 기적이 일어났다?

사람들의 시선을 받으면 능력이 발현!

너튜브 영상이 대박 나고
서바이벌 오디션 출연 제의까지?

도원경 사전에 더 이상 포기는 없다!
좌절을 딛고, 『기어코 무대로』!